鴨長明と寂蓮

Kamo no Chomei & Jyakuren

小林一彦

コレクション日本歌人選049
Collected Works of Japanese Poets

笠間書院

『鴨長明と寂蓮』

目次

【鴨長明】

01 ほととぎす鳴くひと声や … 2
02 春しあれば今年も花は … 4
03 桜ゆゑ片岡山に … 6
04 住みわびぬいざさは越えむ … 8
05 する墨をもどき顔にも … 10
06 待てしばしもらしそめても … 12
07 憂き身には絶えぬ思ひに … 14
08 忍ばむと思ひしものを … 16
09 行く水に雲ゐの雁の … 18
10 そむくべき憂き世に迷ふ … 20
11 花ゆゑに通ひしものを … 22
12 うちはらひ人通ひけり … 24
13 よそにのみ並ぶる袖の … 26
14 頼めつつ妹を待つまに … 28
15 杉の板を仮りにうち葺く … 30
16 見ればまづいとど涙ぞ … 32
17 あれば厭ふそむけば慕ふ … 34
18 いかにせむつひの煙の … 36
19 石川や瀬見の小川の … 38
20 日を経つついとどますほの … 40
21 過ぎがてに思はぬたびは … 42
22 秋風のいたりいたらぬ … 44
23 ながむれば千々に物おもふ … 46
24 夜もすがらひとり深山の … 48
25 かくしつつ峰の嵐の … 50
26 沈みにきいまさら和歌の … 52
27 右の手もその面影も … 54
28 草も木も靡きし秋の … 56

【寂蓮】

01 思ひ出づる事だにもなくは … 58
02 数ならぬ身はなきものに … 60
03 いにしへの名残もかなし … 62
04 降りそむる今朝だに人の … 64

05 尾上より門田にかよふ … 66
06 津の国の生田の川に … 68
07 言ひおきし心もしるし … 70
08 和らぐる光や空に … 72
09 いかばかり花咲きぬらむ … 74
10 越えて来し宇津の山路に … 76
11 さびしさはその色としも … 78
12 憂き身には犀の生き角 … 80
13 牛の子に踏まるな庭の … 82
14 鵜飼舟たか瀬さしこす … 84
15 思ひあれば袖に蛍を … 86
16 深き夜の窓うつ雨に … 88
17 もの思ふ袖より露や … 90
18 暮れて行く春のみなとは … 92
19 むら雨の露もまだひぬ … 94
20 うらみわび待たじ今はの … 96
21 葛城や高間の桜 … 98
22 里はあれぬむなしき床の … 100

歌人略伝 … 103
略年譜 … 104
解説 「激動・争乱の時代の芸術至上主義」——小林一彦 … 106
読書案内 … 119
【付録エッセイ】あはれ無益の事かな（抄）——堀田善衞 … 121

凡例

一、本書には、平安時代末期から鎌倉時代初期の歌人鴨長明の歌二十八首と、同じく寂蓮の歌を二十二首載せた。

一、本書では、古典和歌に親しんでもらうために、さほどの予備知識がなくても鑑賞できるよう、平明に解説することに重点をおいている。

一、本書は、次の項目からなる。「作品本文」「出典」「口語訳（大意）」「鑑賞」「脚注」・「略伝」「略年譜」「筆者解説」「読書案内」「付録エッセイ」。

一、作品本文と歌番号は、主として『新編国歌大観』に拠り、適宜漢字をあてて読みやすくした。

一、鑑賞は、一首につき見開き二ページをあてた。

鴨長明と寂蓮

01

ほととぎす鳴くひと声や榊《さかき》とる枝にとまらぬ手向《たむ》けなるらむ

【出典】鴨長明集・一五

ホトトギスの鳴くその一声は、榊の枝には留まらないけれども、賀茂の神への供え物なのだろうか。神前に美しく響いているよ。

【詞書】社頭郭公。

【語釈】○や―疑問。○榊とる―榊を採る。賀茂祭のための榊である。○枝にとまらぬ―「止まる」は鳥の縁語。

ホトトギスの声は、初夏《しょか》の風物詩《ふうぶつし》である。日本の四季に欠かせない。青葉《あおば》の照《て》り映《は》える頃、南方より飛来《ひらい》し広葉樹の林に棲《す》み、残暑《ざんしょ》のひく九月頃には、また南へと帰って行く。古来、その美しい声は人々に賞美されてきた。めったに聞くことができない点も、なおさら、その価値を高めている。

『方丈記《*ほうじょうき》』の作者として知られる鴨長明は、下鴨《しもがも》神社（賀茂御祖《かもみおや》神社）の神官《しんかん》であった。賀茂川と高野《たかの》川とが合流し、鴨川となるあたりには、豊かな

＊方丈記―随筆。建暦二年（一二一二）成立。

社叢《しやそう》「糺《ただす》の杜《もり》」がひろがり、神域をかたちづくる。蒼古《そうこ》な歴史をもつ同社は、そのふところの奥深くに鎮《しず》まっている。長明の時代には、社叢はさらに何倍もの広大さであったという。林間を鳴きわたるホトトギスの声を耳にする機会も、市中にくらべて、多かったにちがいない。

賀茂祭は、同社と上賀茂《かみがも》神社（賀茂別雷《かもわけいかづち》神社）との例祭《れいさい》、葵祭《あおいまつり》の名でひろく知られている。国をあげての、*勅祭《ちよくさい》でもあった。平安時代は、ただ単に「まつり」といえば、この賀茂祭のことを指したほどである。現在の祭礼は五月だが、もともとは陰暦四月（卯月《うづき》）に行われていた。榊を採《と》るのは、その神事に使うためである。「榊とる卯月」の慣用表現も、これに由来する。

下上両社の御神体は賀茂の神山《こうやま》、歌枕《うたまくら》「その神山《かみやま》」としてなじみが深い。神山の周辺はホトトギスの名所でもあり、*式子内親王《しよくしないしんのう》に「ほととぎすその神山の旅まくらほのかたらひし空ぞ忘れぬ」（新古今集・雑上）の名歌がある。彼女は、賀茂の*斎院《さいいん》として神事に深くかかわった体験をもっていた。

ホトトギスは気まぐれで、不意《ふい》打《う》ちのかたちで鳴くことが多い。「社頭《しやとうの》郭公《ほととぎす》」の題にふさわしく、神域に折よく鳴き渡るホトトギスの声を、賀茂の神へのこの上ない手向けと、一首に仕立てたのである。

＊勅祭―朝廷から勅使が派遣される祭。

＊式子内親王―正治三年（一二〇一）没、五十三歳。

＊斎院―賀茂社に奉仕する未婚の内親王または女王。

02

春しあれば今年も花は咲きにけり散るを惜《を》しみし人はいづらは

【出典】鴨長明集・七

春になると去年までと同じように、今年も桜の花は咲いたのだな。それなのに、散るのを惜しんだ人はどこへ行ってしまったのだろうか。今はもう、この世にはいないのだ。

【詞書】父みまかりてあくる年、花を見てよめる。

【語釈】○春しあれば―用例はきわめて少ない。万葉の「春之在者」（はるされば）を「はるしあれば」と訓じたことによる。

長明の父親は長継《ながつぐ》といった。下鴨神社の正禰宜《しょうねぎ》（惣官《そうかん》とも）をつとめ、神社全体を統括《とうかつ》するトップの地位にいた人である。その次男として、長明は生をうけた。

当時は、摂関家《せっかんけ》や有力社寺へと荘園《しょうえん》（私有地）が寄進《きしん》され、集約が進んでいた。全国屈指《くっし》の大社《たいしゃ》である下鴨神社も、二十三か国に七十あまりの荘園をもつ大地主であった。その頂点に君臨《くんりん》する長明の家は、さぞかし羽振りが良かったにちがいない。花見なども盛大におこなわれていたことだろう。

しかし、事態は一変する。父長継は、突如、若くして他界《たかい》してしまう。長明＊十八歳、承安《じょうあん》二年（一一七二）の頃かと推定されている。長明は後継者とはなれず、父の死後、正禰宜の地位は、同族の他の家へと移っていった。

長継は桜が好きだったらしい。有名な＊劉希夷《りゅうきい》の漢詩句「年年歳歳花相似《ネンネンサイサイハナアヒニタリ》、人歳歳年年人不同《サイサイネンネンヒトオナジカラズ》」が思いうかぶ一首である。変わらない自然とくらべ、人の世のなんと変わりやすいことか。諸行無常《しょぎょうむじょう》。世の中にある人と住みかのはかなさを、長明が『方丈記』に綴《つづ》るのは、父を喪《うしな》った悲しみから、四十年後のことであった。

うららかな春の日、長明は桜を眺めていた。かつて父が愛した桜であろうか。花は心をなごませ、世の中の憂《う》さから解放してくれる。しかし、それも一時のこと。ああ、そういえば、もうお父さんはこの世にいないのだ、と現実にひきもどされた悲しみが、下句《しものく》にこもる。末尾「いづらは」は、本来その場にいるはずの人が、見あたらない時など、その事態に気づいて「おや、あの人はどこ？」、と発せられることばである。そう思うと、この歌の哀感《あいかん》はひときわ深い。

＊十八歳―長明の生年は未詳だが、久寿二年（一一五五）の誕生とする説が有力。以下、この年の生まれとして年齢を算出。

＊劉希夷―中国の唐代の詩人。引用は「代悲白頭翁」（白頭を悲しむ翁に代りて）と題する漢詩の一節。

03

桜ゆゑ片岡山《かたをかやま》に臥《ふ》せる身も思ひし解《と》けばあはれ親なし

【出典】夫木和歌抄・春四・一一四六

私は飢えて行き倒れたのではない。桜の美しさにひかれて、片岡山に身を横たえたのだ。でも、よくよく考えてみると、ああ、私も親のいない、みなし子だったのだ。

鎌倉時代の末期、さまざまな和歌資料を出典として編《あ》まれた『*夫木和歌《ふぼくわか》抄《しょう》』に、「家集《かしゅう》」（個人の歌集）から採録《さいろく》された一首として見える。現在の『鴨長明集』には見あたらないので、散逸《さんいつ》してしまった別の家集にあった歌か。

桜をいつまでも見ていたい、帰りたくないと誰もが思う。そうした思いから、日が暮れたら桜の木陰《こかげ》で寝ればよい、という発想の歌は古くからあった。「いざ今日は春の山辺にまじりなむ暮れなばなげの花のかげかは」（古今

【詞書】同（夫木和歌抄の前の歌によれば「家集」がかかる）。

【語釈】○片岡山―大和国の歌枕が有名。枕詞は「しなてるや」。ここでは上賀茂神社の東にある山か。

＊夫木和歌抄―類題集。勝間

集・春下・*素性法師《そせいほうし》）。山寺に参籠《さんろう》して寝た折の歌「やどりして春の山辺にねたる夜は夢の内にも花ぞちりける」（同・紀貫之《きのつらゆき》）もある。このような、桜のもとに身を臥《ふ》せる設定は、桜の美しさをうたうのが目的。主役はあくまでも桜である。しかし、この長明の歌には、別なところに狙いがあった。

「しなてるや片岡山に飯《いひ》に飢《うゑ》てふせる旅人あはれ親なし」（*拾遺集《しゅういしゅう》・哀《あい》傷《しょう》）。聖徳太子の作と伝えられる歌である。太子が片岡山の近くを通りかかった時、道ばたに飢《う》えた人が横たわっていた。太子は馬から下りて、紫色の上衣をぬいでその人の身体に被《かぶ》せた。その際によまれた歌とされる。実は飢《うえ》人《びと》は文殊菩薩《もんじゅぼさつ》、太子も救世観音《ぐぜかんのん》の化身《けしん》であった。この伝承歌は、『日本書紀』以来、多くの書物に取り上げられ、平安時代には、ひろく知られていた。

十八歳は立派な大人である。それでも「この長明、みなし子となりて」（*源家長《いえなが》日記）、「そこなどは重代の家に生まれて、はやくみなし子になれり」（*無《む》名抄《みょうしょう》）と、周囲は「みなし子」と見ている。長明自ら孤児意識を強く持ち、周囲にも、はばかることなく口外《こうがい》していたからではないか。自分は飢人と同じ「みなし子」なのだ、とその境涯《きょうがい》を訴えたいがために、わざわざ同名の、特に桜の名所でもない「片岡山」を選んだのでは、とさえ疑える歌である。

田長清撰。十四世紀前半の成立。

*素性法師―生没年未詳。延喜九年（九〇九）生存。遍昭の子。

*拾遺集―第三番目の勅撰和歌集。撰者未詳。寛弘二年（一〇〇五）〜四年頃成立。

*源家長日記―仮名日記。源家長作。新古今時代の一等資料。

*無名抄―和歌随筆。鴨長明作。引用箇所は長明の琵琶の師、中原有安の発言。

04

住みわびぬいざさは越えむ死出《しで》の山さてだに親の跡をふむべく

【出典】鴨長明集・九九

この世に生きているのがいやになった。よし、それならば、いっそ父の後を追って死出の山を越えてしまおう。そうしてはじめて自分は親の歩んだ道をたどることが出来るのだ。

自殺をほのめかす歌である。「述懐《じゅっかい》」とは、胸中《きょうちゅう》の思いを述べる、の意だが、和歌ではわが身の不遇や憂鬱《ゆううつ》、苦悩をよむのが常であった。

初句切《しょくぎ》れの歌である。「住みわびぬ」、この世に嫌気《いやけ》がさした、という宣言からうたい出す。それをうけて直後に、よしそれなら死んでやる、とたたみかける。「いざ」は、思い切って行動を起こすときに、口をついて出ることば。寂蓮*の歌、さらには『伊勢物語《いせものがたり》』*の主人公*の歌などを参考によまれたか。

【詞書】「述懐の心を」とある詠歌群の中の一首。

【他集】月詣和歌集・雑下。新三十六人撰。

【語釈】○いざ―感動詞。さあ、決意を促す。○死出の山―冥途にあるという山。

『鴨長明集』ではこの歌につづいて、以下のような贈答が収められている。

これを見侍《はべ》りて、鴨輔光《すけみつ》

住みわびていそぎな越えそ死出の山この世に親の跡もこそふめ

と申し侍りしかば

なさけあらばわれまどはすな君のみぞ親の跡ふむ道はしるらむ

鴨一族の輔光は、若い長明をいましめ、激励する。早まってどうする、軽《けい》挙妄動《きよもうどう》はつつしみなさい、この世で親の跡を踏んで出世したらいいじゃないか。これに対し、惑わさないでほしい、あなただけが父親の跡をついで私が栄達する方策《ほうさく》を知っているでしょう、と長明は暗に援助を求めている。一族内での根回しなどを期待してのことであろうか。

将来を悲観して死を選ぶのは、人生設計がくるった結果であることが多い。この時代は、その日一日をどうもちこたえるか、命をつなぐことで精一杯の庶民が都《みやこ》にはあふれていた。自ら死を選ぶなど、思いもよらない人々である。十年後二十年後の将来像をイメージできた長明は、特別な階級であった。それだからこそ、思い描いてきた未来が明るければ明るいほど、希望がついえた時の長明をおそった絶望の闇は、どこまでも深かったのである。

＊寂蓮の歌―「住みわびぬいざさは我もかくれなむ世は憂《う》き物ぞ山の端の月」（続後拾遺集・雑下）。

＊伊勢物語―歌物語。作者未詳。平安時代前期の成立。

＊主人公の歌―「住みわびぬ今はかぎりと山里に身を隠すべき宿求めてむ」（伊勢物語・五十九段）。

05

する墨《すみ》をもどき顔にも洗ふかな書くかひなしと涙もや知る

【出典】鴨長明集・八一

告白しようと思って、墨をすっているのだけれども、そのことをとがめるようにこぼれ落ちる涙が墨を洗い流してしまう。おまえなんか恋文を書いても無駄だよ、どうせふられるのだから、と涙も知っているのだろうか。

手紙から電話そしてメール、手だてはかわっても、いつの時代も愛の告白には勇気がいる。平安時代、恋文は和紙に筆で書いた。それには、まず墨をすらなければならない。せつない思いは伝わるだろうか、拒絶されたらどうしよう……。硯《すずり》と墨の擦《す》れる音が、くり返し静寂《せいじゃく》の中に響き、墨の香気《こうき》があたりに立ちのぼる。気持ちばかりが高ぶって、自分の意志とは無関係に、涙がとめどなくあふれてくる。情景が目に浮かぶような一首である。

【詞書】恋の心を。

【語釈】○もどき顔―恋文を書こうとする私を非難するかのように、涙が落ちるのである。○書くかひなし―「書く」に「斯く」を響かせるか。ほら、墨をすっても涙で洗い流されてこのよう

「する墨もおつる涙に洗はれて恋しとだにもえこそ書かれね」（＊金葉集《きんようしゅう》・恋下・＊藤原永実《ふじわらのながざね》）をもとによまれたか。永実の作は、墨が涙のために使い物にならなくなり、恋しいとさえ手紙に書くことができないのだ、と手段を奪われたことを嘆《なげ》いた歌。説明的な理知的な内容である。告白に逡巡《しゅんじゅん》している自分に逃げ道を用意した、どこか弁解めいた歌ともとれる。いっぽう長明の歌は、そうではない。絶望の淵に沈みこんでいくような暗さが感じられる。

中島みゆきの唄《うた》に「流れるな涙　心でとまれ」というフレーズがある。涙は、心の言うことをきかない。制御《せいぎょ》をこえた、心とは別の存在なのだ。この歌、「涙もや知る」の「も」「や」が利いている。告白は実をむすびそうにない、早くから心はそう予感していた。でも、身は行動に出ようとする。涙よ、もしかしてやはり、お前もそう思っていたのか。長明の真骨頂《しんこっちょう》は、ここにある。叙景《じょけい》でも抒情《じょじょう》でも、いま現実に起こっている瞬間を切り取る技術に、彼は抜きんでていた。恋文を書きあぐね、悩み、相手の拒絶を何よりも深くおそれ、傷つくことにおびえるガラスのハートが、痛いほどに切ない。

に甲斐がない、の気味をも込めるか。

＊金葉集―第五番目の勅撰集。源俊頼撰。大治元年（一一二六）～二年に成立。

＊藤原永実―生没年未詳。元永元年（一一一八）生存。

06

待《ま》てしばしもらしそめても身の程《ほど》を知るやと問《と》はばいかが答へむ

【出典】鴨長明集・六三

ちょっと待てよ。うっかり思いをうち明けてみても、「あなたは自分の身の程をご存じないのかしら？」と逆に聞かれたら、どう返答しよう。そうなったら何も言えない。

初句「待てしばし」は、自らに対して発せられた言葉。心のなかで軽率《けいそつ》な行動を思いとどまらせようとしているのである。歌はここで、まず切れる。「身の程を、知るや？」は、相手の女性からの返事を予想し、話し言葉をそのままに一首へと取りこんで、巧《たく》みである。

「身の程を思ひしりぬる事のみやつれなき人の情けなるらむ」（金葉集・異本歌・隆覚《りゅうかく》法師、詞花集《しかしゅう》・恋上・隆縁《りゅうえん》法師）、「身の程をしらずと人や思ふ

【詞書】忍恋。

【語釈】○身の程―身の上。家柄や身分、地位、経済力、それに運命までも含めていう。

＊隆覚―生没年未詳。

らむかくうきながら年をへぬれば」（*千載集《せんざいしゅう》・雑《ぞう》中・*藤原宗家《ふじわらのむねいえ》）などの先行歌は、いずれも身の上を嘆《なげ》いた独白調のもの。いっぽう長明のこの歌は、問答形式、それも想定問答である点がユニークで、新しい。

男「待てしばし」（もらしそめても）

女「身の程を、知るや？」（と問はば）

男（いかが答へむ）

『方丈記』には、「心を悩ませること、三十余年なり。その間、折々のたがひめ、おのづから短き運をさとりぬ。すなはち五十《いそぢ》の春を迎へて、家を出《いで》て世をそむけり」と書かれていた。五十歳の頃から振り返って、三十年以上も前から、辛酸《しんさん》をなめ、人生に悩みつづけてきたと記している。その始発は、十八歳で父を喪《うしな》った時期と符合《ふごう》する。つたない運命と対峙《たいじ》して生きてきた長明には、自らの「身の程」がどのくらいなのか、いやというほど骨身《ほねみ》にしみていたのだ。乳母日傘《おんばひがさ》で大事に育てられてきた幼年期、栄達の夢がふくらんでいた少年期。過去をおぼえているだけに、恋をするようになった現在の零《れい》落《らく》したわが身との落差が、長明を苦しめる。「忍恋《しのぶるこい》」の歌題《かだい》でよまれた題詠《だいえい》だが、一首の内容には、長明の実人生が色濃く反映していると見る。

＊詞花集―第六番目の勅撰集。藤原顕輔撰。仁平五年（一一五一）年成立。

＊隆縁―生没年未詳。久安五年（一一四九）生存。

＊千載集―第七番目の勅撰集。藤原俊成撰。文治四年（一一八八）成立。

＊藤原宗家―文治五年（一一八九）没、五十一歳。

07

憂《う》き身には絶えぬ思ひに面《おも》なれてものや思ふと問《と》ふ人もなし

【出典】鴨長明集・六四

辛《つら》いことが多い身の上には、絶えることのない悩みのせいで、いつもふさぎ込んでいる私の顔に、まわりも馴《な》れてしまい、私が恋わずらいに沈んでいても、もしや恋の悩みでは、と尋ねてくる人もいない。

『百人一首』にも採《と》られて名高い「しのぶれど色にいでにけりわが恋はものや思ふと人のとふまで」（拾遺集・恋一・平兼盛《かねもり》*）を本歌《ほんか》としている。しかし、本歌と大きく異《こと》なるのは、周囲から「どうかしたの？」と尋ねられることすらないところ。なぜなら、自分はいつも深い悩みに沈みっぱなしで、普段から憂鬱《ゆううつ》そうにしているから。恋わずらいがはじまっているのに、誰もその変化にさえ気づかない。そのことは、他人に知られないまま恋心を隠し

【詞書】不被知人恋。

【語釈】○絶えぬ思ひ―長年にわたり次々と湧いてきて尽きることがない苦悩。ずっと悩み続けている生活を意味する。○面なれて―顔を見なれて。

*平兼盛―正暦元年（九九〇）没、

通せる利点なのか、それともかえってわが身をさらに落ち込ませるのか。
歌題は「人に知られざる恋」。人知れず芽生《めば》えた恋心をよむ歌や、片思いを気取《けど》られまいとつとめる歌が多い。この歌は、露顕《ろけん》を恐れる恋の苦しさよりも、むしろわが身の憂鬱《ゆううつ》に力点が置かれている、*述懐歌《じゅっかいか》としても通用するような詠みぶりの作である。題詠だが、長明はこの歌のように、晴れることにない鬱陶《うっとう》しい思いに、日々さいなまれていたのであろうか。
この歌は『*新後撰集《しんごせんしゅう》』の恋一に「題不知《だいしらず》」として入集《にっしゅう》している。そこでは、二句が「たえぬ嘆きに」と異なっている。「思ひ」のままでは、四句「思ふと」と言葉が重複してよくないと、編集作業の過程で改められたのだろうか。当時は撰者《せんじゃ》が表現の一部を改編することは、認められていた。しかし、「たえぬ嘆きに」はいかにも説明口調で、理屈《りくつ》に走っているように見える。「思ひに」「面なれて」「思ふと」の同音繰り返しのリズムに、長明のねらいがあったとすれば、さかしらの勝《まさ》った行為だったか。響きも悪くなってしまっている。

八十余歳か。

*述懐歌―不遇や老など個人の苦悩を嘆く歌。

*新後撰集―第十三番目の勅撰集。二条為世撰。嘉元元年（一三〇三）成立。

08

忍ばむと思ひしものを夕ぐれの風のけしきにつひに負けぬる

【出典】鴨長明集・八四

がまんしようと思っていたのでしたが、夕暮れ時の風の気配に、こらえきれずにお手紙を差し上げてしまいました。

秋の夕暮れ時、思わせぶりに吹く風のせいで人恋しさが募《つの》る。相手を欲《ほっ》する切なさを、夕ぐれの風のけしきに負けた、と表現したところが、優美《ゆうび》である。やや言い訳めいて、説明的ではあるものの、素直さは買える。

詞書《ことばがき》によれば、女性のもとへ届けた歌。一首の内容は、今すぐ君に逢《あ》いたい、というメッセージにほかならない。長明の未練は深いが、相手の女性にはもう終わった恋だったたか。

【詞書】秋の夕暮に女のもとへつかはす。

「風のけしき」の用例は、けっして少なくはない。ただし、ほとんどすべてが、秋の情景描写での使用である。恋歌《こいうた》に用いた例は、「人は来《こ》で風のけしきのふけぬるに哀《あはれ》に雁《かり》のおとづれて行く」（西行法師家集）が最初であろうか。西行*の歌は、夜が更《ふ》けても訪れて来ない恋人を、ひたすら待つ女の立場でよまれたもの。後に『新古今集』へと入集する。

長明は「秋の夕暮の空のけしきは、色もなく声もなし。いづくにいかなる故《ゆゑ》あるべしともおぼえねど、すずろに涙こぼるるがごとし。これを心なき列《つら》の者は、さらにいみじと思はず」（無名抄）と書き残していた。秋の夕暮れ時の空の気配《けはい》には、わけもなく涙がこぼれてくる、けれども感受性の鈍《にぶ》い連中は何も感じないのだ、と。感傷家《かんしょうか》の長明らしい発言である。

この時代には珍しい、五七調の歌である。そのリズムが作品の印象を、より魅力的にしている。初二句、三四句、それぞれ意味の固まりとなって、すべて結句《けっく》「つひに負けぬる」へと掛かってゆく。四句の後に小休止、そのあと吐息《といき》のように、「つひに負けぬる」の一言が漏《も》れてくるのだ。

『鴨長明集』では、恋歌の軸歌《じくうた》*に置かれている。長明自身にも思い入れの強かった作であろうか。長明の実人生を伝えて貴重な作品でもある。

*西行―文治六年（一一九〇）没、七十二歳。新古今集への入集歌数第一位。和歌はもちろん、その生き方も後続の歌人に影響を与えた。

*軸歌―巻物《まきもの》の軸に一番近い歌の意で、最後を飾る歌。

09

行く水に雲ゐの雁《かり》のかげみれば数かきとむる心地《ここち》こそすれ

【出典】鴨長明集・二八

川面に映る大空の雁の姿を見ると、流れゆく水に数を書き留めたような気持ちがしてくるよ。

【詞書】雁をよめる。

雁の歌なのに、どうして水に数を書くことがよまれるのか。現代人には、心情の伝わりにくい歌かもしれない。けれども、『古今集』の二首を介在させることで、この歌にひそむ長明の深い悲しみが浮かびあがってくる。

「行く水に数かくよりもはかなきはおもはぬ人を思ふなりけり」（古今集・恋一・読人不知《よみびとしらず》）。自分を少しも思ってくれない相手に恋をすることは、流れゆく水に数字を書くよりも、むなしく、無駄《むだ》なのだ。流水《りゅうすい》に数を書くことなど、不可能。したがって、「行く水に数かく」とは、はかないことの象徴として、古くから歌によまれてきた。

もう一首は、「白雲に羽うちかはしとぶ雁の数さへ見ゆる秋の夜の月」（古今集・秋上・読人不知）。闇夜では、空飛ぶ雁の姿をとらえることは難しい。月が明るいので、空飛ぶ雁の数さえ鮮やかに見える、数えられる、とよむ。雁の歌というより、秋の夜空に澄み輝く月の美しさを讃《たた》えた歌である。

さて、長明の歌である。この人は頑張っても報《むく》われない、努力が空回《からまわ》りしてしまう、はかなくむなしい体験ばかり重ねてきたと見える。下鴨社の境内には、御手洗川《みたらしがわ》、泉川《いずみがわ》、瀬見《せみ》の小川《おがわ》など、行く水があふれている。自分の人生は、「行く水に数かく」ようなものだ、との思いが、この人の日常に染《し》みついていたにちがいない。その夜、長明は川面《かわも》に秋の月を眺めていた。その川面の月を、雁が横切る。不可能を可能に替えたい、との思いが、行く水に数が書けた、との一瞬の驚喜《きょうき》、錯覚をもたらしたのではないか。

彼の目線は、いつも下を向いている。涙がこぼれないように上を向くことはないのだ。「ゆく川の流れはたえずして、しかももとの水にあらず…」という『方丈記』の書き出しも、じっと川面を見下《お》ろして捉《とら》えた光景であった。

10

そむくべき憂《う》き世に迷ふ心かな子を思ふ道はあはれなりけり

【出典】鴨長明集・八八

背《そむ》くのがよい、背かなければならない憂き世に、いつまでもまよう心であるよ。子どものことを思う親の心というものは、どうすることもできないのだなあ。

【詞書】物おもひ侍るころ、をさなき子を見て。

【語釈】○そむく—出家する、遁世する。世捨て人となる。○憂き世—仏教的厭世観にもとづき、現実世界をこのようにいう。つらいことの多い現世。

『方丈記』には「五十《いそぢ》の春を迎へて、家を出《いで》て世をそむけり。もとより妻子なければ、捨てがたきよすがもなし」と記《しる》されている。自分にはもとから妻子などいないのだ、だから出家《しゅっけ》しても気楽なものよ、とほかならぬ長明が語っているのだから、読者の誰もが信じてしまうにちがいない。けれども、長明には妻子がいた事実をこの歌は伝えている。『鴨長明集』は若い頃に、自らの手で編纂《へんさん》した自選歌集である。詞書には、思い悩むことがあった頃に、幼い子を見てよんだ歌、と詠作《えいさく》事情が明記されている。「をさなき子」が他人の子でないことは、「子を思ふ道」ということばによって明らか。和歌では、わが子に対してしか、用いられない表現だからだ。

この歌は、藤原兼輔《かねすけ》*の「人の親の心は闇《やみ》にあらねども子を思ふ道にまどひぬるかな」（*後撰集《ごせんしゅう》・雑一）、親の心は闇ではないのだけれど、子どものことを思うと他《ほか》に何も見えなくなって、ただ迷うばかりだ、を本歌としている。

長明が敬慕《けいぼ》していた西行は、二十三歳で世捨《よす》て人となっていた。世間の人々は賛美《さんび》した、と当時の貴族の日記*は、潔《いさぎよ》い行動を讃《たた》えている。帰宅した時に、駆け寄ってきた幼い愛娘《まなむすめ》を縁側《えんがわ》から蹴落《けお》とし、恩愛《おんあい》の鎖《くさり》を断ち切って、出家遁世《とんせい》をとげたという西行説話も残っている。

いっぽう長明は、あどけなさの残るおさな子を、しみじみと見る。『方丈記』では、冒頭に引いた箇所とははなれたところで、一般論として「人をはぐくめば、心、恩愛につかはる」とも記していた。

若くして出家に憧《あこが》れつつ、踏みきれないまま齢《よわい》を重ねる。自らの栄達には未練を残し、子の存在も気にかかる。理想と現実の狭間《はざま》で揺れ動く心。長明には、西行のような強さはない。しかし、そこが彼の魅力でもあるのだ。

*藤原兼輔—承平三年（九三三）没、五十七歳。堤中納言とよばれた。

*後撰集—第二番目の勅撰集。清原元輔ら五名の撰。天暦七年（九五三）～天徳二年（九五八）頃成立。

*貴族の日記—藤原頼長『台記』に「人これを歎美せるなり」とある。

11

花ゆゑに通《かよ》ひしものを吉野山こころぼそくも思ひたつかな

【出典】鴨長明集・九六

昔は花見のために通ったのになあ、吉野山へ。頼りなくも、桜への思いを断ち切って隠棲《いんせい》しようと決心したことだよ。

吉野山は桜の名所だが、古くから山岳信仰の霊場《れいじよう》でもあった。「み吉野の山のあなたに宿もがな世の憂《う》き時の隠《かく》れ家《が》にせむ」(古今集・雑下・読人不知)とうたわれているように、山深さゆえに世の中のつらいことが聞こえてこない、はるか俗界を離れた隠棲《いんせい》の地と、受けとめられてきた。

西行に「花を見し昔の心あらためて吉野の里にすまむとぞ思ふ」(山家集《*さんかしゆう》)という歌がある。この西行の歌には、これからは改心して桜よりも仏道修行

【詞書】鴨長明集の前の歌の「述懐の心を」がかかる。

【語釈】○花—桜。○吉野山—大和国の歌枕。

*山家集—西行の家集。

に専念しよう、との決意が、たとえポーズであったにせよ、表明されている。対する長明の歌は、前向きな姿勢に乏《とぼ》しい。まだまだ桜に、俗世に、未《み》練《れん》が残っている口吻《こうふん》が感じられる。過去に彼が花見のために吉野へと足を運んでいたかどうかは、この際、たいして問題とはならない。詠作時の長明が、このような歌を作らずにはいられなかった点を重く見たいのだ。

家集ではこの歌のちょうど十首前に、次のような作も見いだせる。

山里なる所にあからさまにまかりてよめる

仮りにきて見るだにたへぬ山里に誰つれづれとあけ暮らすらむ*

「あからさまに」とは、「ほんのちょっと」の意味。しかも「すぐにもとの場所にもどるつもりで」の気分を言外《げんがい》にふくむという。うき世のつらさに、この身の置き所は、もはや山の中にしかないと、自分でも普段から感じてはいた。ある日ふらりと、山里に足が向く。けれども、隠遁者《いんとんしゃ》の暮らしぶりを見るや、やはり自分には耐えられないと、ふたたび俗世へと引き返す。

都会にも山中にも安住《あんじゅう》の地を見いだせず、遁世《とんせい》をめぐってゆきつもどりつする姿が目に浮かぶ。彼が実際に世をのがれ、出家をとげるには、さらに四半世紀ほど時が要《い》った。そこが、いかにも長明らしいのである。

*仮りにきて……――かりそめにやってきてみると、見るのも耐えられない、このような山里に、いったい誰が孤独に耐えて寂しく暮らしているのだろうか。やはり私には無理かもしれない。

12

うちはらひ人通ひけり浅茅原《あさぢはら》ねたしや今夜《こよひ》露のこぼるる

【出典】鴨長明集・六七

露をうち払いながら、誰かが通っていったのだ、この浅茅原を。妬ましいなあ、嫉妬でますます彼女と共寝《ともね》したいという思いにかられて、涙の露がこぼれ落ちるよ。恋仇《こいがたき》が先に露を掻き分けた道は、露がこぼれないはずなのに。

【詞書】成疑心恋。

【語釈】○うちはらひ―「うち」は瞬間的な動作を表す接頭語。さっと払いのけながら。○浅茅原―「浅茅」は丈の低い茅萱（チガヤ）。それが一面に生えている野原。○ねたしや―「寝たし」

「疑心を成す恋」というめずらしい歌題《かだい》でよまれた一首である。

歌題は「花」「紅葉」など事物一つの題から、いくつかを結び合わせた、*結題《むすびだい》へと次第に複雑化の道をたどった。長明の著作『無名抄』は、「歌は題の心をよく心得《う》べきことなり」という書き出しではじまる。題の意味をよく吟味《ぎんみ》し、うまく扱うことが、何よりも秀歌《しゅうか》をよむ第一歩だと説いている。

私だけを愛して欲しい、恋愛関係にある男女は、誰もがそう願っている。

浮気心を起こしてはいないかしら、との不安がきざすのは自然な感情だが、しかし古典和歌では、相手の誠実さを正面から疑うというテーマははばかられたのか、「疑恋」の題は意外に少ない。まして「成疑心恋」は、これ一例のみで、めずらしい歌題である。長明が自ら設けた題か、あるいはあらかじめよみ置いていた作品に、内容にふさわしい題を後から付《つ》けたのか。

この歌は、今をたたみかける形でよまれている。茅萱《ちがや》を払いのけながら野原を分け行くと、いつも夜露で衣服が濡れるのに、今夜はそれがない。おや、おかしいぞ、誰かが前もって踏み分けて歩いてくれたお蔭か……。もしかして、その誰かは隙《すき》を狙《ねら》って恋人に逢いに行ったのでは、手引きをしたのは彼女本人か。次々と黒雲のように湧《わ》きあがる不安。詠者がまさに現場に、浅茅原を分け進む状況下にいる設定で、不安がきざした瞬間をとらえよむ。「疑《ぎ》心暗鬼《しんあんき》を生ず」という成語が浮かぶような歌である。「うちはらひ人通ひけり、浅茅原」という倒置《とうち》は、恋仇《こいがたき》の幻影を見た瞬間を強調する。恋仇への対抗心から彼女への独占欲はいや増しに高まり、「ねたしや」（寝・妬）の発語《はつご》へと向かうのである。そして流れ落ちる涙。刻々と変化する感情や心理をも描写し、あたかもドラマを見ているように、今をうたう。長明の特徴である。

と「妬し」を掛ける。〇露―涙を暗示する。

＊結題―二つ以上の事物を結びつけた題の意味だが、この時代は四文字題（ないしはそれ以上）を指すことが一般的であった。

13 よそにのみ並ぶる袖のぬるばかり涙よとこの浦づたひせよ

【出典】鴨長明集・七〇

男女の関係がないまま無関係に敷き並べる袖が、寝《ぬ》るではないが、涙で濡《ぬ》れるばかりだ。涙よ、鳥籠《とこ》の浦の入り江を伝うように、こちらの袖の裏から相手の袖の裏へと伝って思いを伝えて欲しい。

【詞書】並床不逢恋。

【語釈】○よそに―男女の関係がないままに。無関係に。○とこの浦―近江国の歌枕「鳥籠の浦」と「床の裏」を掛ける。○浦づたひ―浦から浦へと伝って行く。「鳥籠の浦」から続け、「袖」

男女が床《とこ》を共《とも》にする際に、古くは互いの衣の袖を敷き交わして並べ、その上に寝たという。共寝《ともね》を表すのは「もろ敷く」、独り寝の場合は片方だけなので「かた敷く」。日本の恋歌《こいうた》は、いま現在この場にいない相手を恋慕《れんぼ》するのが約束事である。もっぱら「かた敷く」ばかりが好み用いられ、「もろ敷く」の語は例がない。幸せに共寝をしている最中に、恋の歌は生まれないのだ。歌題は「床を並べて逢はざる恋」。いくつもの要素が組み合わさった結題である。恋歌において「不逢恋《あはざるこひ》」の歌題はきわめて多い。相手に逢えない状態を苦悩し訴え、相手のつれない態度を嘆き悲しむ、そのようにうたわれてきた。これに派生した「遇不逢恋《あひてあはざるこひ》」も多く、いったん逢瀬《おうせ》をとげながら、その後に逢えずにいる状態をうたう約束である。ところが、この歌の歌題「並床不逢恋」は他に類例を見ない、珍奇な題である。長明のオリジナルな題であろうか。

いずれにせよ、この時の男女は互いに袖を敷き並べ「もろ敷く」状態。それでいて、同じ床に身体を横たえながら指一本触れずにいる、または触れられずにいる、そのような複雑な恋の状況を詠じた歌である。

身と心とのアンバランス、身体は成人であっても、精神が幼い、そのような不器用な恋愛をうたったものか。大人になりきれていない危うさが漂う歌である。題詠《だいえい》の歌であり、長明の実体験に根ざすかどうか、それはわからない。「寝《ぬ》る」と「濡る」、「鳥籠《とこ》の浦」と「床《とこ》の裏」をそれぞれ掛けており、「うら（裏）」は「袖」の縁語《えんご》でもある。ことばを選び、技巧的に練り上げた作品であることはうたがいない。けれども、こうした歌を構想すること自体が、長明の自閉的な性格を物語っているといえるのではないか。

の縁語「裏」を掛ける。

14

頼《たの》めつつ妹《いも》を待つまに月影を惜《を》しまで山の端《は》にぞかけつる

【出典】鴨長明集・七一

私に期待させながら、現れない恋人を待っている間に、山の稜線《りょうせん》に月がかかるまで、長い時間を無駄に過ごしてしまった。彼女は来ないし、それに加えて、もう美しい月をめでることさえできなくなってしまった。

【詞書】契暁恋。

＊万葉取り―あえて古い『万葉集』の歌から表現を借りること。

＊万葉取りの歌である。本歌は「如是谷裳《カクダニモ》　妹乎待南《イモヲマタナム》　左夜深而《サヨフケテ》　出来月之《イデクルツキノ》　傾二手荷《カタブクマデニ》」（万葉集・巻十）。現代の訓では「かくだにも妹を待ちなむ小夜《さよ》ふけて出でこし月のかたぶくまでに」とよまれている。この万葉歌では、時間が経過したことの事実を確認するために、月が用いられていた。月が出てから、それが西に傾くまで、ひたすら恋人を待った。そんなにも長い間、恋人を待ってしまった、という嘆《なげ》きの歌である。それだけではあまりにもったい

ないと、長明は考えたか。万葉的な素朴《そぼく》な恋愛の世界をうたいながら、中世人《びと》が抱《いだ》いていた月に対する強い思いを付《つ》け加えることを忘れない。そこに、ひと工夫《くふう》が見てとれる。

古くから「遅くいづる月にもあるかなあしびきの山のあなたも惜しむべらなり」（古今集・雑上・貫之）、「山の端《は》にまだ遠けれど月影を惜しむ心ぞまづさきにたつ」（*躬恒《みつね》集）など、月を惜しむ歌はよまれ続けてきた。しかし、実は『古今集』でもっとも多くよまれている景物は、「花」であった。それが、以降の勅撰集では順位が下《さ》がり続ける。反対に上《あ》げていったのが「月」であった。ちょうど三百年後に成立した『新古今集』では、はじめて「月」が第一位の座につく。

長明には、自分の行動が望ましくない結果をもたらしたことで、その責任を自らに負わせようとする歌をつくる傾向がある。この歌でも、「契暁恋《あかつきにちぎるこひ》」の題詠だが、やはり恋人を待っている間に、あたら美しい月を無駄《むだ》に山の稜《りょう》線《せん》にかけてしまったと後悔し、自分を責めているのである。

*躬恒―凡河内《おおしこうちの》躬恒。『古今集』撰者の一人。紀貫之と並び称された歌人。

15

杉の板を仮りにうち葺《ふ》く寝屋《ねや》の上にたぢろくばかり霰《あられ》ふるなり

【出典】鴨長明集・四九

杉板をかりそめにちょっと葺いただけの寝室の上に、板がたじろぎ、下で寝ている私も尻込《しりご》みするくらいに音を立てて霰が降っている。

『後拾遺集《ごしゅういしゅう》』冬部に「霰をよめる」という詞書で入集《にっしゅう》する、「杉の板をまばらに葺《ふ》けるねやの上におどろくばかり霰ふるらし」（大江公資《きんより》*）の影響下に詠まれた作であることは疑いない。公資の歌とは、二句四句と歌末の助動詞がわずかに異なるだけである。

和歌において「霰」と「おどろく」とは、一具《いちぐ》で用いられてきた歴史がある。「霰」はもっぱらその刺激的な音が詠まれてきたのだ。突然ぱらぱらと

【詞書】霰。

【語釈】○うち―接頭語。軽く。ほんの少し。○寝屋―閨。人が寝るための部屋。

*大江公資―生年未詳、長暦四年（一〇四〇）没。

音を立てて降ってくる霰に、不意打《ふいうち》ちを食らって「おどろく」、はっと気づく。「寝屋《ねや》」（寝室）なら、目が覚める、ということになる。

霰に「たぢろく」と表現した例はひとつも見出せない。杉板を軽く葺いただけの仮屋《かりや》だから、驚くよりも、動揺する、という表現がしっくりくる。〝たじろぐ〟のは、かりそめに葺かれた杉板であり、その下で寝ている人でもある。この長明歌の表現は、「初恋」題で詠まれた源俊頼《*としより》の「風ふけばたぢろく宿の板じとみ破れにけりな忍ぶこころは」（散木奇歌集《*さんぼくきかしゅう》）から学んだものであろう。風にたじろぐ蔀戸《しとみど》が破れるように、人目《ひとめ》を避けようともちこたえる心も限界にきてしまった。長明は和歌を俊恵《*しゅんえ》法師に習っていたが、その俊恵の父が、俊頼であった。

このほか『長明集』には、「世はすてつ身はなき物になしはてつ何をうらむる誰が嘆きぞも」の作品も見出せる。こちらは、後に『新古今集』にとられた寂蓮の歌「数ならぬ身はなき物になしはてつ誰《た》がためにかは世をもうらみむ」からの影響が明らかである。

俊頼にせよ、寂蓮にせよ、これはと思う先達《せんだつ》の作品に目配《めくば》りを怠らず、積極的に学ぼうとしていた、若かりし頃の長明の姿が思い浮かぶのである。

＊源俊頼―生没年未詳。大治四年（一一二九）没か、七十五歳か。

＊散木奇歌集―源俊頼の家集。

＊俊恵―永久元年（一一一三）生、建久六年（一一九五）以前没。長明の和歌の師。

16

見ればまづいとど涙ぞもろかづらいかに契《ちぎ》りてかけ離れけむ

【出典】新古今和歌集・雑上・一七七八

諸葛《もろかづら》を見るとまっさきに、いっそう涙がこぼれてならないよ。いったいどんな前世からの因縁で、自分はこんなにも鴨社から遠く隔たってしまったのだろうか。

【詞書】身の望みかなひ侍らで、社《やしろ》の交らひもせで、こもりゐて侍りけるに、葵をみてよめる。

【語釈】○いとど―日陰糸（ひかげいと）と呼ばれる青または白の組糸「糸」が響く。○もろかづら―諸葛。桂の

詞書の「身の望み」とは、個人的な希望を指す。それがかなえられず、鴨社内の交際も絶って、引きこもっていた時の歌であるとわかる。

長明は下鴨社の摂社河合社《せっしゃかわいしゃ》の禰宜《ねぎ》職につきたいと望みながら、*その願いがかなわず、失意のうちに和歌所《わかどころ》を出奔《しゅっぽん》していた。元久《げんきゅう》元年（一二〇四）のことである。この歌はその時の絶望を背景に読まれたとする説が、旧来から優勢であった。けれども、『源家長日記』の「社の交らひもせず、こもりゐて侍《はべり》

し」という、*後鳥羽院《ごとばいん》に見出《みいだ》されるまでの、長明の境涯《きょうがい》を紹介した文章との類似によって、正治二年（一二〇〇）以前の不遇《ふぐう》時代によまれたとする見方が、実は早くから*提出されていたのだった。

　長明は十代後半で父と死別した後、何度も挫折を味わっているので、この歌がいつよまれたかは不明といわざるを得ない。彼は鴨社にもどったり離れたりをくり返す人生だったらしい。熱《ねっ》しやすく冷《さ》めやすい性格から推《お》して、ある時期は猛烈に社のつとめに奔走《ほんそう》したかと思うと、突然、無断でさぼってそのまま行方《ゆくえ》をくらましたりということもあったのではないか。

　賀茂の例祭は、宮中から勅使《ちょくし》が派遣され、国をあげての大祭《たいさい》であった。平安時代は、ただ祭といえば、この賀茂祭をさしたほどである。それが、神祭りの季節なのに、自分は何もすることがない。例祭を前に、潔斎《けっさい》もせず、準備にいっさいの関わりをもたないわが身に、長明は慄然《りつぜん》とする。ものごころついて以降、味わったことのない、鉛のような退屈。しかし、諸葛《もろかづら》は泣けとごとくに、ここかしこに飾られ、容赦《ようしゃ》なく視界に飛び込んでくる。それを目にした長明の疎外感は察してあまりある。だとすれば、この歌は想像以上に、若いころの作ではないかと思えてくるのである。

枝に葵をかけたかづら。賀茂祭（葵祭）の奉仕者が頭にかざし、また殿舎の簾に掛けたりする。「涙ぞもろ（き）」から続ける。○かけ―「もろかづら」の縁語。

*その願いがかなわず―25歌参照。

*後鳥羽院―延応元年（一二三九）崩、六十歳。第八十二代天皇。

*提出されていた―佐藤恒雄『新古今和歌集』（ほるぷ出版、一九八六）。

17

あれば厭《いと》ふそむけば慕《した》ふ数ならぬ身と心との仲ぞゆかしき

【出典】鴨長明集・九〇

この身が俗世にあれば心はそれを厭《いと》い避けようとする、かといって世間を離れてみると今度は心がこの身を離れまいと慕ってくる。取るに足りないわが身とわが心との関係を知りたいものだよ。

私撰集『*万代集《まんだいしゅう》』に採られ、さらに勅撰集の『*玉葉集《ぎょくようしゅう》』にも入集した作である。出典は『鴨長明集』、したがって若いころの作品ということになる。「述懐の心を」のもとに括《くく》られた、身の不遇や憂鬱《ゆううつ》、苦悩を詠じた十一首の歌群のなかに含まれる歌である。

当時、長明はまだ出家前の身であり、世捨《よす》て人《びと》ではなかった。十代後半に父の急死に遭い、その庇護《ひご》が望めなくなった彼は、鴨社の出世コースから外

【詞書】「述懐の心を」とある詠歌群の中の一首。

【他集】万代集・雑六。玉葉集・雑五。

*万代集—真観撰か。宝治二年（一二四八）一旦成立。

*玉葉集—第十四番目の勅撰和歌集。京極為兼撰。正和

れ、零落《れいらく》していく。ふがいないわが身を厭《いと》わしいと感じていたらしい。家集では、この歌の直後に、次のような一首が並べて配されている。

　心にもあらで何ぞの経《ふ》るかひはよし賎《しづ》の身よ消えはてねただ

心が望まないのに、どうして卑《いや》しいこの身は何の甲斐《かい》もなく生きながらえているのだ、消え失《う》せろ。結句「消えはてね、ただ」の、自らの身を一直線に否定する激烈さが、胸に刺《さ》さる。自己嫌悪に充《み》ち満《み》ちた作である。

社会での生きにくさを感じていた長明は、屈辱を耐え忍ぶ夜もあっただろう。身は零落しても、しかしだからこそ心は、ますます依怙地《いこじ》なプライドで凝り固まってゆく。人間関係の煩《わずら》わしさから距離を置こうと世間を少し飛び出してみると、蚊帳《かや》の外に置かれたわが身がつくづく哀れでならない。あれほど毛嫌いしていたのに、今度は心が同情して身を案ずる。家集には「憂《う》き身をばいかにせむとて惜しむぞと人にかはりて心をぞとふ」と、自らの存在をどうすればよいのか迷い悩む自分に、さらに自問する作も見いだせる。

　自分の存在が何なのかさえ　わからず震えている

尾崎豊「十五の夜」のフレーズ。社会との距離がつかめず、身の置き所に窮《きゅう》する、そんな青春時代を、八〇〇年前の長明も送っていたのだ。

元年（一二一二）成立。

18

いかにせむつひの煙《けぶり》の末ならで立ちのぼるべき道もなき身を

【出典】続拾遺和歌集・雑下・一二七七

どうすればよいのだろうか。もはや火葬され煙となって立ちのぼってゆく以外には、立身昇進の手だてもない、このわが身を。

長明が没して、ほぼ半世紀の後に編まれた勅撰集『続拾遺集《しょくしゅういしゅう》』に撰ばれた一首である。

父が早世《そうせい》したことで家は没落、世間の風の冷たさを味わった長明は、青春時代にも、将来に絶望し、死にたいと自殺をほのめかす作品を残していた。04歌がそれである。その折の「いざさは越えむ死出《しで》の山」という直情的な表現にくらべて、この歌は技巧が進み、不遇をなげく述懐の歌らしい体裁《ていさい》を整

【詞書】続拾遺集によれば前の歌の「題しらず」がかかる。

【語釈】○つひの煙―長明独自の表現か。「つひ」は終局、最期。したがって死後に遺体が火葬されて立ちのぼる煙。

＊続拾遺集―第十二番目の勅

えている。「つひの煙」は人生の終焉《しゅうえん》を意味し、「つひ」に「火」が響いて「煙」の縁語、また「立ちのぼる」も同じく「煙」の縁語である。「道もなき身を」「いかにせむ」と結句《けっく》から初句《しょく》に立ち戻ることで、意味が通じる凝《こ》った作りになっている。いつよまれたかはわからないが、かなり年齢を重ねた後に、詠じられた嘆息の一首かと思われてくる。『鴨長明集』に見えないことや、このまま死ぬまで自分には栄達の途《みち》がひらけないかもしれないと、わが身の来《こ》し方《かた》をふり返った内容であることも、そう感じさせる。

「すべてあられぬ世を念じすぐしつつ、心を悩ませること、三十余年なり。その間、折々のたがひめ、おのづから短き運をさとりぬ」(方丈記)とは、長明の回顧である。思うようにいかない世を耐え忍び、苦悶《くもん》しながら生きてきたが、それでも人生の節目節目では身の不運を思い知らされる出来事ばかりだった、というのだ。この歌は、そうした深い挫折を味わった「たがひめ」における、彼の偽らざる心境でもあったのだろう。

鎌倉時代の後半に入り、評判の高まってきた作である。『続拾遺集』入集の前にも、『新三十六人撰』*に長明の代表作として撰ばれている。あるいは『方丈記』の流布《るふ》が、この歌の再評価に影響を与えていたのであろうか。

撰和歌集。二条為氏撰。弘安元年（一二七八）成立。

＊新三十六人撰―編者未詳。正元二年（一二六〇）成立。歌仙三十六人を撰び、各人十首の秀歌を収める。

19

石川や瀬見《せみ》の小川《をがは》の清ければ月も流れをたづねてぞすむ

【出典】新古今和歌集・神祇・一八九四

石川の瀬見の小川が清らかなので、夜空の月もこの清流を尋ねあてて川面に光を映《うつ》し、澄み宿るのだよ。

【詞書】鴨社歌合とて人人よみ侍りけるに、月を。

下鴨神社の歌合《うたあわせ》とあるだけで、それがいつ催行《さいこう》されたのかは、わからない。この歌、長明はかなり自信があったらしい。だが、歌合では負けにされてしまう。「瀬見の小川」などという川は聞いたことがない、それが理由であった。この時はおかしな判定が多く、他の参加者からも不満が出たので、後日、あらためて*顕昭《けんしょう》に判が委《ゆだ》ねられた。判定には古歌《こか》や故実《こじつ》の知識が必要だったが、博識で聞こえた第一人者のこの人も「瀬見の小川」を知らなか

*顕昭―生没年未詳。承元三年（一二〇九）生存。六条藤家

った。しかし、歌はよいできばえだったので、その土地の者にでも確認してから、と判定を保留する。その後、長明から鴨川の異名《いみょう》だと聞かされ、顕昭は驚く。この頃は、まだ新古今時代に入る前であり、歌人たちは新奇な歌ことばそれ自体の発掘によって、停滞した旧来の和歌を打破しようと躍起《やっき》になっていた。和歌に使う言葉には、典拠が求められた。「当社の縁起に侍り」、鴨社の由来《ゆらい》を記《しる》した書物に書かれている、との関係者長明の発言は、根拠を示す決定打となった。新しい歌枕「瀬見の小川」の誕生である。

正禰宜《しょうねぎ》の地位にいた同族の祐兼《すけかね》*は、この歌はこんな小さな会ではなく、天皇や上皇、大臣の御前などでよむべきだった、もったいない、と長明の軽挙を悔やむ。はたして、ほかならぬ顕昭が、満を持《まんじ》して摂関家《せっかんけ》主催の歌合で「瀬見の小川」をよみ、この歌枕のお披露目《ひろめ》をしてしまう。祐兼はひどく残念がった。長明の落胆は察してあまりある。手柄《てがら》は横取りされる寸前だった。

しかし、『新古今集』撰者の一人、飛鳥井雅経《あすかいまさつね》*がこの歌を推薦してくれたのだ。このことは、死後もこの世に思いが残り極楽往生《ごくらくおうじょう》の妨《さまた》げとなるほど、うれしかったと長明は自《みずか》ら語っている*。名歌の陰《かげ》では、他人に先んじようとする歌人たちの熾烈《しれつ》な競争が、繰りひろげられていたのだった。

を代表する歌学者。

*祐兼―「すけかね」とも。生没年未詳。元久元年（一二〇四）河合社の禰宜にわが子を推し、長明は就任できなかった。

*飛鳥井雅経―承久三年（一二二一）没、五十二歳。蹴鞠の名手でもあった。

*自ら語っている―『無名抄』の「瀬見の小川の事」。

20

日を経《へ》つついとどますほの花すすき袂《たもと》ゆたげに人まねくらし

【出典】夫木和歌抄・秋二・薄・四四二〇

日がたつにつれて、よりいっそう花穂が咲き出した「ますほの薄《すすき》」は、袂もゆったりと人をまねいているらしい。

薄《すすき》の歌である。花穂《はなほ》が人間の手のように見えることから、秋風になびく姿があたかも人を手招きしているようだと、古くからよまれてきた。

『夫木和歌抄』の左注《さちゅう》（歌の後にある説明）によれば、『伊勢記《いせき》』に見える三首中の一首とある。長明の紀行文『伊勢記』は、散逸《さんいつ》して伝わらない。

その三首は、伊勢の二見でよまれた。旅の無聊《ぶりょう》のなぐさめにと、風情《ふぜい》のある板屋の庭から、植え込みの花々を折り取り、並べて鑑賞している時に、ある

【左注】この三首歌伊勢記に云く。行きつきてみればかしこを二見里と云々。さるほどなる板屋のをかしげに住みなせるに、色々の前栽《せんざい》ども盛り過ぎたれど、よしある人のあたりと見えたり。時雨などいふばかりにはあらで、晴れ間なかりけれ

人が語った三種類の薄のことを想い出してよんだ歌だという。

「ある人」とは、*登蓮《とうれん》法師である。経緯は長明の『無名抄』に詳しい。雨夜に登蓮は仲間たちとよもやま話をしていた。「ますほの薄」が話題になるが、どんな薄なのか、誰もわからない。摂津の渡辺《わたのべ》に住む聖《ひじり》が知っているらしい、一人が口にした。登蓮はその家の主人に、蓑《みの》と笠《かさ》を貸してほしいと頼み、外に出かけようとする。積年の疑問を知る人がいると聞いた以上、出かけずにはいられない。周囲は、それにしても雨がやんでから、と引きとめるが、登蓮はこう言い放つ。命というものは、私も聖も、雨の晴れ間など待ってはくれないのだ。そのまま旅立つと、聖をたずねあてて話を聞き、大切に秘蔵したという。この「ますほの薄」の秘事《ひじ》を、「三代《さんだい》の弟子にて伝へ習ひて侍《はべ》るなり」、と長明は誇らしげに記し、「*三種《みくさ》侍るなり」と説《と》いている。その一つが「まそをの薄」で「真麻《まを》」（苧《からむし》の茎皮から作った糸）の意味だ、歌にも「まそをの糸をくりかけて」とあるではないか、と明かしている。

長明が一部を引いた歌は、*源俊頼《としより》の「花すすきまそをの糸をくりかけてたえずも人をまねきつるかな」（*堀河百首）。この俊頼の歌をもとによまれていることは、いうまでもない。

ば、いたづらにこもりゐたる。なぐさめがてら、前栽なる花の色々ひとふさづつ取り並べて見るついでに、三種の薄といふこと人の語りしを思ひいでて、こころみによめると云云。

【語釈】○ますほの花すすき―「ますほの薄《すすき》」は平安末期の和歌で秘伝とされた歌語。「いとど増す」から続ける。○ゆたげ―形容動詞「豊か」の語幹「ゆた」に接尾語「げ」がついた形。

*登蓮法師―生没年未詳。治承二年（一一七八）生存。

*三種―「ますほの薄」「まそをの薄」「まそうの薄」（ただし伝本により小異）。

*源俊頼―15参照。

*堀河百首―長治二年（一一〇五）から翌三年の間に成立。初の公的百首として後世重んぜられた。

21

過《す》ぎがてに思はぬたびは梨壺《なしつぼ》のふるきなさけにすむ心かな

【出典】正治後度百首・六八三

行き過ぎがたくて、通りかかるたび、敬慕の念が湧かないことはないよ、はるか昔に和歌所がおかれ、勅撰集を編む尊い作業がなされた梨壺だと思うと、その風雅な情趣に、私の心まで感化されて澄みさえてくるなあ。

【詞書】禁中（五首中の一首）。

【語釈】○梨壺—内裏の殿舎の一つ、昭陽舎《しようようしや》。梨が植えられていたところからこう呼ばれた。藤壺（飛香舎《ひぎようしや》）、桐壺（淑景舎《しげいしや》）と同じである。「思はぬ度は無し」から続ける。

正治《しょうじ》二年（一二〇〇）、後鳥羽院は歌壇を主宰《しゅさい》する意志をはっきりと示し、手はじめに、代表的な歌人たちに百首の歌を奉《たてまつ》らせた。初度《しょど》の百首、二十三名の選抜から長明は漏《も》れたものの、第二度目の百首（後度《ごど》百首）で新たに加えられた八名に選ばれた。さぞかし、名誉に思ったにちがいない。

世の中がよく治《おさ》まり聖代《せいだい》と仰がれた「延喜天暦《えんぎてんりやく》の治《ち》」。天暦の御世《みよ》を統治した村上《むらかみ》天皇は、延喜五年（九〇五）に成立した父帝醍醐《だいご》天皇の『古今集』にならい、『後撰集』編纂のため、はじめて禁中《きんちゅう》（宮中）に和歌所を設けた。清少納言の父、*清原元輔《もとすけ》ら五名がそこに詰めて、作業にあたった。「*梨壺《なしつぼ》の五人」と呼ばれる歌仙《かせん》たちである。そのことを意識して、よまれた歌である。

後鳥羽院が和歌所を設置するらしい、という情報を長明はどこからか入手して、院の目に触れるのが確実な百首の中に、栄達の種をそれとなく蒔《ま》いておいたとしか思えない。したたかな策士《さくし》ぶりが、しのばれる作でもある。

はたして和歌所は設けられた。翌建仁元年（一二〇一）七月のことである。しのばせておいた種は芽吹《めぶ》いた。長明は十三名の*寄人《よりうど》の一人に選ばれ、初めて参上した夜、こう詠じてみせた。「わが君の千代をへむとや*秋津洲《あきつしま》にかよひそめけむ海人《あま》の釣舟《つりぶね》」（源家長日記）。わが君の千歳《ちとせ》にあやかり、千年の長寿を保とうとして、日本に往《ゆ》き来《き》をはじめたのだろうか、漁師《りょうし》の釣舟は。粗末な釣舟に身分の低いわが身を重ね合わせ、感激と決意を表明している。「まかり出づることもなく、夜昼奉公怠《ほうこうおこた》らず」（源家長日記）、退出せずに和歌所に詰《つ》め通し、という精勤《せいきん》ぶりは、自己実現の場を得た喜びからか。

こうして華々《はなばな》しく、長明は*後鳥羽院歌壇の有力メンバーとして、人生ではじめて、表舞台に立ったのである。

*清原元輔―永祚二年（九九〇）没、八十三歳。

*梨壺の五人―大中臣能宣・清原元輔・源順・紀時文・坂上望城。

*寄人―和歌所の職員。

*秋津洲―秋津島。日本のこと。「あきつす」は「洲《しま》」を誤読したものだが、言葉として中世後半から定着した。

*後鳥羽院歌壇―後鳥羽院が主宰した歌壇。歌人をはば広く発掘、統合し、『新古今集』の母胎となった。

22

秋風のいたりいたらぬ袖はあらじただ我からの露の夕暮《ゆふぐれ》

【出典】新古今和歌集・秋上・三六六

秋風の吹き届かない袖はないのだ。それなのに、私だけ涙で袖が濡れるのは自分のせいなのだ…そんな涙の夕暮れ時であるよ。

【詞書】秋の歌とてよみ侍りける。

【語釈】○露の夕暮―涙の露が置く夕暮れ時。

「春の色のいたりいたらぬ里はあらじ咲けるさかざる花の見ゆらむ」(古今集・春下・読人不知《よみびとしらず》)を本歌に、よまれた一首である。

秋は悲しい季節とされる。漢詩文にも「悲秋」の語はよく出てくる。猿丸《さるまる》太夫《だゆう》の作とされる「奥山に紅葉ふみわけなく鹿の声きく時ぞ秋は悲しき」(古今集・秋上・読人不知)も、人口《じんこう》に膾炙《かいしゃ》する。『新古今集』では秋の風が悲しさを催《もよお》させるとよむ歌が急増する。西行の

「おしなべて物を思はぬ人にさへ心をつくる秋の初風」（新古今集・秋上）、秋に初めて吹く風がすべての人にもののあわれを感じさせるのだ、もその例。この長明の歌に、影響を与えたと考えられている作である。長明の場合は、秋風が誰に対して吹くとしても、やはり自分だけは特別な存在、感受性にすぐれているから、という優越感が、さらには自己陶酔《じことうすい》さえ感じられてくる。

長明はその著作『無名抄』で、いわゆる新古今歌風を「今の体《てい》は習ひがたくて、よく心得《こころえ》つればよみやすし」と語っていた。この歌には、本歌取り《ほんかど》、体言止め《たいげんど》、さらには詠歌主体を感傷家《かんしょうか》に設定し涙をこぼさせるなど、この時代らしい歌のつくり方、技術、さらに好まれた趣向《しゅこう》までが凝集《ぎょうしゅう》されている。本歌取りの手法も、季節を春から秋によみ替《か》えるなどセオリー通り。

当代流行の和歌などは、理詰《りづ》めで詠《よ》めるのだと自《みずか》ら実証したような作である。そうした歌つくりの舞台裏を知らされたとしても、この歌に肩入《かたい》れする人は少なくないのではないか。同じ本歌でよまれた、『＊千五百番歌合』での＊慈円《じえん》の作「春風のいたりいたらぬ木々ぞなき咲けるが散れば咲かざるも咲く」（三六五）よりは、格段にすぐれている。時代をこえて、感傷家の心を捉《とら》える術《すべ》を、長明は知っていたのだ。

＊千五百番歌合―建仁三年（一二〇三）初頭までに成立。

＊慈円―嘉禄元年（一二二五）没、七十一歳。

23

ながむれば千々《ちぢ》に物おもふ月にまたわが身ひとつの峰の松風

【出典】新古今和歌集・秋上・三九七

眺めていると千々《ちぢ》に心を砕《くだ》かせ、もの思いをさせる秋の月。その上、私の身には峰の松を吹く風さえ悲しく響いて聞こえてくるのだ。

建仁《けんにん》元年（一二〇一）八月十五夜に和歌所で催《もよお》された、*撰歌合《せんかあわせ》での一首である。主催者の後鳥羽院は、時代を代表する歌人ばかり二十五名に、「海辺秋月」など月の四文字題を十題あたえて歌をよませ、全体から百首を選び五十番の歌合に編成、披講《ひこう》をおこなった。各歌人の歌数はまちまちで、院との親近度や地位なども考慮されたか。長明は四首（*藤原定家《ていか》と同数）と、平均的な数である。しかし、その内容はすばらしく、定家ら四人の歌とつがえられ、対

【詞書】新古今集によれば「八月十五夜和歌所歌合に、月前松風」の詞書がかかる。

＊撰歌合―作品から歌を撰んで結番した歌合。

＊藤原定家―仁治二年（一二四一）没、八十歳。新古今時代を代表する歌人。

戦成績は四勝して無敗と抜群《ばつぐん》であった（定家は一勝三負）。この撰歌合からは十三首が『新古今集』にとられていた。そのうち長明の作は三首を数え（つまり四首中三首が選ばれたことになる）、たいへんな高率である。飛ぶ鳥を落とす勢いの長明に、宮廷歌人としての絶頂期が訪れようとしていた。

「月見れば千々《ちぢ》に物こそ悲しけれわが身ひとつの秋にはあらねど」（古今集・秋上・＊大江千里《おおえのちさと》）を本歌としている。月を見ていると物思いのために心は千々に乱れる、私一人に悲しい秋がやってきたわけではないのに。「千々《ちぢ》」と「わが身ひとつ（一）」の対比は、本歌から学んだもの。月だけに心を砕く世間の人とは違って、私には松風の音さえも悲しく響くのだ、と長明は訴《そ》嘆《たん》する。千里の歌よりも、さらに苦悩は深い。私だけは特別つらい、との過剰な自意識は、「何ごとを憂《う》しと言ふらむおほかたの世のならひこそ聞かまほしけれ」（長明集）、人はつらいつらいと言うけれど、世間のスタンダードな憂鬱とやらを聞いてみたいよ、どうせたいした嘆きではないはずだから、等々、若い頃の苦悩をよんだ作品に始原《しげん》を発するものか。こうした彼の資質が、後鳥羽院歌壇でもまれるなかで、花開いたのかも知れない。「月前松風」のテーマが三十一文字の限られた世界で、見事に構築されている。

＊大江千里―生没年未詳。延喜三年（九〇三）生存。

24

夜もすがらひとり深山《み》の槙《まき》の葉に曇るも澄める有明の月

【出典】新古今和歌集・雑上・一五二三

一晩中ひとり山の奥深くで見ていると、はじめは槙の葉越しに曇って見えていたものの、次第に夜空に澄みかがやく有明の月よ。

【詞書】和歌所歌合に、深山暁月といふことを。

【語釈】○有明の月―陰暦二十日以降の月。

前の歌と同じ機会、建仁元年（一二〇一）八月十五夜の撰歌合でよまれた一首である。後鳥羽院の評価が高く、「ことによろしくよめるよし、仰《おほ》せられし歌」であったという（源家長日記）。

第二句「ひとり深山の」と第四句「曇るも澄める」がすばらしい。

秋の夜は長い。「ひとり深山の」は、人里離《ひとざとはな》れた山の奥でただ月を見て時を過ごす、隠遁者《いんとんしゃ》の暮らしを描写する。これ以後、この句を用いて何首かの影響作がよまれるが、山中閑居《さんちゅうかんきょ》の気味《きみ》をこの歌以上にしみじみと伝えたものを知らない。

「くもるもすめる」は、月を形容する言葉として好《この》み用いられた「曇る」「澄む」の二つを結んで出来ている。和歌ではどちらも頻出《ひんしゅつ》するが、両方一緒に、しかも同じ句の中で使った例はない。この、意表《いひょう》をつく新鮮さが長明の狙《ねら》いである。この句、古来より解釈が分かれている。仏教では、闇の中で光り輝く月は悟《さと》りの境地に通じる。もともと人間に備わっている仏性《ぶっしょう》は、中秋《ちゅうしゅう》の名月《めいげつ》のように円満で清浄《しょうじょう》であると考えられていた。「月輪観《がちりんかん》」という、心に満月を観《かん》じて悟りに近づこうとする方法もある。したがって、槙の葉に遮《さえぎ》られているけれども心の月は澄んでいる、と仏教的に解釈する立場。もう一つは、はじめは槙の木々の間で曇って見えた月も、夜がふけるにつれ澄み輝いてきたと解する立場である。初句は「夜もすがら」、夜の間ずっと月を見ている、と最初に断《ことわ》っている。後者のように解しておくのが穏当《おんとう》か。

長時間にわたるゆるやかな動きをよむのは、長明にはめずらしい。しかも音のない世界である。深い森に、山の霊気《れいき》がただよう。閑《しず》かに対面する、我《われ》と月。

*中秋の名月—十五夜の満月。「中秋」とは陰暦八月十五日のこと。

25

かくしつつ峰の嵐の音《おと》のみやつひにわが身を離れざるべき

【出典】源家長日記・三四

こうして琵琶も献上したいま、これから庵に響くものは、峰の烈《はげ》しい山風の音ばかり。このさびしい音だけが、終生、私の側《そば》を離れない定めだったのだ。

元久《げんきゅう》元年（一二〇四）、河合社《かわいしゃ》の禰宜《ねぎ》に欠員が生じた。同社は下鴨神社の有力な摂社《せっしゃ》であり、その禰宜職は鴨社の正禰宜《しょうねぎ》への登竜門《とうりゅうもん》となっていた。今回こそ長明が就任するだろうと、人々は噂した。後鳥羽院もそのようなご意向らしいともれ聞いて、正式な決裁《けっさい》がおりないうちから、長明はうれし泣きをしていたという。しかし、下馬評《げばひょう》というものは、えてして外《はず》れるもの。長明の望みは叶《かな》わなかった。長明は和歌所を去り、引きこもってしまう。*

*引きこもってしまう—この間の経緯は『源家長日記』に詳しい。

しばらくして、長明から十五首の歌が奉《たてまつ》られた。「住みわびぬげにや深山《み》の槙《まき》の葉にくもるといひし月を見るべき」、まさか槙の葉に曇って見えるとよんだ月を、現実に見ることになろうとは、の一首も含まれていた。人々は誰もが「夜もすがら」（24歌）を想起し、心底《しんそこ》あわれだとささやきあった。

その後、長明は出家《しゆつけ》をして、大原*に隠棲《いんせい》した。後鳥羽院は、長明が「手《て》習《ならい》」という琵琶《びわ》の名器《めいき》をもっていたことを思い出し、どうなったか尋ねよ、と命じる。暗に献上を促《うなが》したのである。一流の琵琶奏者*でもあった長明にとって、琵琶は自己実現の手段であり、かけがえのない友であった。

この歌は「手習」と一緒に献上された撥《ばち》に書きつけられてあった。愛器を手放したいま、無聊《ぶりよう》を慰めてくれた琵琶の音色は消え、庵《いおり》に響くのは、心を沈ませる峰の嵐の音ばかり。この歌の返事を、後鳥羽院は和歌所の事務長にあたる家長《いえなが》に命じた。その返歌は「手習」の撥にしたためられ、撥だけが長明のもとへと戻されたのだった。

後日、家長は思いがけず、長明と再会する。別人のようにやせ衰《おとろ》えた長明は、お経《きよう》を入れる袋から大事そうに撥を取りだし、これだけは肌身離さず苔《こけ》の下まで、私と同じところに朽《く》ち果《は》てるのです、と声をあげて泣いたという。

＊大原―洛北の大原。

＊一流の琵琶奏者でもあった―隆円の楽書『文机談《ぶんきだん》』に記事がある。巻末解説を参照。

26

沈みにきいまさら和歌の浦波に寄らばやよせむ海人《あま》の捨舟《すてぶね》

【出典】新後拾遺和歌集・雑上・一三一六

もう沈んでしまったのだ。和歌の浦にうち寄せる波につれて寄っていくのならば、漕ぎ寄せてもみようが、今は和歌に執着する心が無くなってしまったので、それができない。漁師の捨舟のようなわが身よ。

出典とした『*新後拾遺集《しんごしゅういしゅう》』の詞書では、はじめて出仕《しゅっし》を命じられた時の歌のようにも解せ、あるいは誤解を生じかねない。

この歌、説話集《せつわしゅう》の『*十訓抄《じっくんしょう》』にも見える。そこには、より詳《くわ》しい詠作事情が記《しる》されている。もとのように和歌所の寄人《よりうど》として伺候《しこう》するようにと、後鳥羽院から仰《おお》せがあったが、この歌をよみ送り、最後まで籠居《ろうきょ》して、生涯を終えたのだという。復帰のための、せっかくのチャンスを棒に振る。手をさ

【詞書】後鳥羽院の御時、和歌所に候《さぶら》ふべきよしおほせられければ。

【語釈】○沈み―「舟」の縁語。○和歌の浦波―「和歌の浦」は紀伊国の歌枕。和歌界、歌壇の意味を込めて使われることが多い。○寄

しのべてもらいながら、自らその道を断ってしまう。つまらないところに意地を張って我《が》を通す。この頑《かたく》なさが、長明らしいといえば、長明らしい。

「沈みにき」は「舟」の縁語。わが身がすっかり沈淪《ちんりん》してしまっている現状を、「海人の捨舟」つまり漁労《ぎょろう》の用をなさなくなった廃船になぞらえ、表現したものである。うち捨てられた舟は、置き去りにされたわが身と酷似《こくじ》する。「和歌の浦波」は、歌枕の「和歌の浦」に「和歌所」の意味を込めている。さらに「浦波」に「うら無《な》み」を掛ける。「うら」とは表から見えない部分、つまり内々の心、気持ちの意味。心が無いので、というのだ。和歌所に精勤《せいきん》していた頃の情熱は、もはや冷《さ》めてしまっていた。

21番歌の本文中に引いた、和歌所に召《め》し加えられ初めて参上した夜、奉《たてま》った自《みず》らの歌「わが君の千代をへむとや秋津洲《あきつしま》にかよひそめけむ海人の釣舟《つりぶね》」(源家長日記)を自嘲気《じちょうぎ》味《み》にふまえる。勇躍《ゆうやく》、通《かよ》いはじめた釣舟も、いまは捨舟。あの頃にくらべれば、いまの私は抜《ぬ》け殻《がら》のようだ、との嘆《なげ》き。

人は誰しも、張りつめていた心の糸がいったんゆるんでしまうと、元の状態に戻すのは難しい。感情の起伏、心の振幅《しんぷく》がひと一倍大きかった長明には、なおさらであった。

らばやよせむ―「寄人」の「寄」を響かせるか。
＊新後拾遺集―第二十番目の勅撰和歌集。二条為遠・為重撰。至徳元年（一三八四）最終成立。
＊十訓抄―「じっきんしょう」とも。説話集。著者未詳。建長四年（一二五二）成立。

27

右の手もその面影《おもかげ》もかはりぬるわれをばしるや御手洗《みたらし》の神

【出典】続歌仙落書・八九

かつて禊《みそ》ぎをしたこの右手も、そしてその頃の面影も、今ではすっかり変わってしまいました。私が誰だかわかりますか、長明です。御手洗の神よ。

【詞書】出家の後、賀茂にまゐりて御手洗に手あらふとて。

下鴨神社の朱塗《しゆぬ》りの楼門《ろうもん》をくぐると、右手に御手洗《みたらし》神社がある。井戸の上に鎮座することから井上社《いのうえしや》とも呼ばれており、その湧水《ゆうすい》は、前に水量豊かな御手洗の池をつくっている。池からあふれた流れはさらに南に伸び御手洗川となり、やがて参道の西側を流れる瀬見《せみ》の小川へと注《そそ》ぐ。下鴨発祥《はつしよう》の名物、みたらし団子《だんご》は、この御手洗の水面に結ぶ「うたかた」、水の泡を、それと見立てた小粒の団子にかたどり、串に刺《さ》したものと伝えられている。

御手洗池は、葵祭《あおいまつり》のヒロイン、斎王代《さいおうだい》が大役を前に禊《みそ》ぎをする場所としても知られている。また、盛夏の土用の頃に行われる御手洗祭では、この時だけ、誰でも神聖な池に入ることが許され、穢《けが》れを払い無病息災《むびょうそくさい》を祈る。長明も、神職《しんしょく》として鴨社の神に奉仕していた時代には、この御手洗の水で禊ぎをしてから神事《しんじ》に臨《のぞ》んだはずである。長明がいつ出家《しゅっけ》をとげたのか、正確な年月はわからない。元久二年（一二〇五）六月の『*元久詩歌合《げんきゅうしいかあわせ》』では「鴨長明」と名が見える。少なくとも出詠《しゅつえい》時には、まだ俗人であったか。この年、長明は五十一歳と推定されている。『方丈記』には「五十の春を迎へて、家を出《いで》て世をそむけり」とあるから、この前後に出家したのであろう。

出家後、長明は下鴨神社を訪れた。御手洗の水で手を洗い口をすすぐ。鴨社の神官《しんかん》として身を全《まっと》うするものと自《みずか》ら任《にん》じて疑わなかった遠い日の記憶がよみがえる。水に映《うつ》る自らの姿は、その頃とは、剃髪《ていはつ》して面目《めんぼく》を一新している。冷たい水に浸《ひた》す右手も、榊《さかき》や御幣《ごへい》ではなく、もはや琵琶の撥《ばち》しか手に取ることはない。御手洗での禊ぎは、当然、神前に進むことを前提とする。社を離れ出家の身となった長明を、ふところ深く受け入れる下鴨社の神と人、そして豊かな神域の自然。神の御前で、彼は何を祈ったのだろうか。

＊元久詩歌合―後鳥羽院主催。後世、公的な詩歌合（漢詩と和歌を合わせる文学遊戯）の規範とされた。

28

草も木も靡《なび》きし秋の霜《しも》きえてむなしき苔《こけ》をはらふ山風

【出典】鴨長明集（寛文七年版本）

人はもとより草木にいたるまで日本中が随順《ずいじゅん》した頼朝《よりとも》公の威光《いこう》も、いまとなっては秋の霜のように消えて、墓所にはむなしい苔をはらう山風がふいているよ。

寛文《かんぶん》七年（一六六七）に刊行された版本《はんぽん》『鴨長明集』には、後人《こうじん》の手で他の資料から八首が増補されている。この歌はその中の一首で、*『吾妻鏡《あずまかがみ》』から採られたもの。長明の歌としては、年時のわかる最も遅い詠作《えいさく》である。

意外に知られていないことだが、長明は、万葉調の歌で知られる*源実朝《さねとも》から請《こ》われ、和歌の師となるべく鎌倉に下《くだ》っている。長明を推挙《すいきょ》したのは、またしても飛鳥井雅経であった。『新古今集』撰者の一人で、19「石川や瀬見《せみ》

【詞書】源二位頼朝公墓所の前にて。

【語釈】○草も木も―心を持たない物の象徴。まして心を持つ者は、の意を言外にこめる。○苔―墓を暗示させる。和歌では「苔の下」は墓の下を意味する。

の小川」の歌を強く推してくれた人である。『吾妻鏡』によれば、建暦《けんりやく》元年（一二一一）十月十三日、頼朝の月忌《がっき》にあたり法華堂《ほっけどう》にて法要《ほうよう》が営《いとな》まれ、長明も参列した。「懐旧の涙しきりにあひ催《もよほ》し、一首の和歌を堂の柱にしるす」（吾妻鏡、原漢文）とあるから、その時に柱に書きつけられたのが、この歌ということになる。

「秋の霜」は漢語「秋霜」による。「秋霜」は刀身が霜のように光ることから剣の異名《いみよう》でもある。将軍として日本国中を従えた頼朝を追慕《ついぼ》するのに、これほど適した言葉はない。また、秋の霜は草木を枯らすことから権威の厳しさにもたとえられる。上句《かみのく》は頼朝の威光を「秋の霜」によそえ、讃《たた》えている。これに対し、下句《しものく》では、そのような頼朝でさえ死は避《さ》けられず、すべては空《くう》に帰《き》す人の世の無常をうたうのである。

実朝とはたびたび謁見《えつけん》の機会があったと『吾妻鏡』は伝えている。しかし、この人事の話はうまくいかなかったのか、条件が折り合わなかったのか、長明は鎌倉に留《とど》まることなく、すぐに帰洛《きらく》したらしい。その五か月後、日野の庵《いおり》で『方丈記』を著《あらわ》すのである。

＊吾妻鏡―鎌倉幕府の歴史書。
＊源実朝―建保七年（一二一九）没、二十八歳。
＊頼朝―建久十年（一一九九）没、五十三歳。鎌倉幕府の初代将軍。
＊月忌―毎月の命日。

寂蓮

01

思ひ出《い》づる事《こと》だにもなくは大《おほ》かたの物《もの》さびしかる宿《やど》と見てまし

【出典】歌仙落書・七七

思い出すことさえもなかったならば、ごくふつうの何となく荒れはてた家だなと、屋内を眺めただけだったろうに。

【詞書】物申しける女の身まかりにける後の年久しくなりて、住みける家の前を過ぐとて見入れて侍りければ、ありしにもあらず荒れにければよめる。

寂蓮の在俗《ざいぞく》時代に、「定長《さだなが》」の名で『*歌仙落書《かせんらくしょ》』に選ばれた一首である。彼の数少ない在俗時の作であり、しかも長い詞書《ことばがき》がついているので、どのような時によまれたのか、くわしく知ることができる。かつて愛した女性が亡くなってから、久しぶりに旧宅の前を通りかかったので、家の中を見ると、以前とはくらべものにならないほど荒れていたのでよんだ歌だという。「見入れ」は下二段活用の他動詞。外から内部をのぞき込んで見る、の意

＊歌仙落書―編者未詳。承安二年（一一七二）頃には成立。

味である。廃屋《はいおく》の中をのぞき込むと、愛人との思い出がここかしこから浮かび上がってくる。寂蓮の従兄弟《いとこ》、*藤原実家《ふじわらのさねいえ》もこっそり通っていた愛人を失った過去をもっていた。実家がその跡に出かけてみると、戸が閉まったままで取り次ぎの者も誰もいない。あの頃は居留守《いるす》を使われたこともあったが、その時よりもずっと悲しい、と彼は涙する。実家は、その旧宅にひとりで泊まり、愛人を偲《しの》んで歌を詠《えい》じるのである。こうした行動は、『伊勢物語』*の主人公の振舞《ふるま》いを連想させる。「月やあらぬ春や昔の春ならぬわが身ひとつはもとの身にして」、何もかもあの頃とは違ってしまった、変わらないのは私ひとり。手の届かない所へ去った恋人を思い、彼女のいない廃屋に寝た夜の独白である。当時、この主人公は*在原業平《ありわらのなりひら》だと信じられていた。

　さて、廃屋をのぞき見た寂蓮は、その後どうしたか。業平や実家のように、涙にくれつつ思い出と共寝《ともね》をしたのだろうか。それはわからない。ただ、この歌を選び入れた『歌仙落書』の編者は、寂蓮の作風をこう評していた。歌は上品で美しく、弱い所があるのだろうか、*小野小町《おののこまち》の跡を慕っているからか、美女が苦しんでいる姿を見るような感じがする、と。感傷家の男は往々《おうおう》にして弱い。そしていつまでも思い出を引きずるものなのだ。

当時活躍の歌人二十名の作風を論評、秀歌を収める。

*藤原実家―建久四年（一一九三）没、四十九歳。この話は『実家集』四一八・四一九に見える。

*伊勢物語―長明04参照。

*在原業平―元慶四年（八八〇）没、五十六歳。

*小野小町―生没年未詳。九世紀の女流歌人。『古今集』仮名序の小町評「あはれなるやうにて強からず。いはばよき女のなやめるところあるに似たり」による。

02

数ならぬ身はなきものになしはてつ誰《た》がためにかは世をもうらみむ

【出典】新古今和歌集・雑下・一八三八

とるにたりないこの身などは、ないものとしてしまった。それなのにいったい誰のために、この世の中をいつまでも不満に思うのだろうか。

【詞書】題知らず。

【語釈】○数ならぬ身―物の数ではないわが身。○なしはてつ―「はて」は補助動詞「はつ」の連用形、動詞の連用形と結びついて動作を最後まで行う意を表す。それに完了の助動詞「つ」が付

詠作の時期はわからないが、江戸時代の注釈書には「在俗の比《ころ》の歌なるべし」とある。たしかに、ことさらわが身に宣言するような上句《かみのく》の強い口ぶりは、両肩に力が入っていて、出家《しゆつけ》をはたした後の心境とは、相《あい》いれない違和感が漂う。在俗時によまれた「*なげかじな世はさだめなきことのみか憂きをも夢と思ひなせかし」(*住吉社歌合《すみよししやうたあわせ》)の下句《しものく》、特に「夢と思いなせ」と通じるものが感じられる。寂蓮は、身と心との乖離《かいり》に悩み、自らの存在を否定し

嫌悪する歌を何首も残していた。くわしい詠作時期は不明ながら「*あぢきなやこれさは身をば思へとて心にさへも厭《いと》ひはつらむ」（*治承三十六人歌合《じしょうさんじゅうろくにんうたあわせ》）や、出家後の作が明らかな「*世の中の憂きは今こそうれしけれ思ひしらずは厭はざらまし」（*賀茂別雷社歌合《かもわけいかずちしゃうたあわせ》）などである。

ところで、この寂蓮の歌は、あきらかに長明の「世はすてつ身はなき物になしはてつ何をうらむる誰《た》がなげきぞも」（鴨長明集）に影響を与えている。在俗の身でありながら長明も、世を捨てた、わが身を無きものにしたと、意識して思い込もうとすることで、自らの心を馴致《じゅんち》しようと試みていたらしい。二句・三句をセットでそのまま露骨に取りこんでいるのは、よほど共感するところがあったからだろうか。

この02歌はもちろんだが、右に掲《かか》げた一連の、厭世観《えんせいかん》の強い寂蓮の歌々をも、若き日の長明が貪《むさぼ》るように読みふけっていた光景がイメージされるのである。寂蓮の作品から聞こえてくる心の叫びに、長明は随分と救われたのではなかったか。だとすれば、寂蓮への親近感は早い段階から、彼の心にめばえていたと考えるべきだろう。寂蓮はもとより、長明を考える上でも、見逃せない一首である。

き、動作が完遂されたことを示している。

*なげかじな……嘆くまいよ。世の中、はかないことばかりなのか、だったらこのつらいことも夢だと思いこんでしまえよ。

*住吉社歌合―嘉応二年（一一七〇）十月。

*あぢきなや……思うようにならないな。これはそれでは身を思えといって、心に対してまでも疎ましいと思ってしまったのだろうか。

*治承三十六人歌合―治承三年（一一七九）成立か。

*世の中の……世間のつらさが今となってはうれしいよ。知らなかったら、出家することもなかったから。

*賀茂別雷社歌合―治承二年（一一七八）三月。

03

いにしへの名残《なごり》もかなし立田《たつた》山夜半《よは》に思ひし宿のけしきは

【出典】寂蓮法師集・七三

昔の名残もせつないほど愛おしく思えてならない。立田山を越えてゆく業平中将を妻が思いやっていたという（そしてその妻の様子を植え込みに隠れて中将が見ていたという）、その宿の有り様は。

在原業平の旧跡《きゆうせき》を一緒に訪ねた人から、贈られてきた歌への、返歌《へんか》である。この贈答は『殷富門院大輔集《いんぷもんいんのだいぶしゆう》』にも見えるから、相手は女房歌人の＊大輔《だいぶ》だったと知れる。二人だけの旅ではなく、彼女以外にも同行者はいたであろう。＊『伊勢物語』に有名な章段がある。昔、男が大和の国に住んでいる女を妻としていた。女の家が貧乏になったので、男は河内《かわち》の高安《たかやす》に住む別の女を愛人にして通いはじめた。愛人のもとへ出かける夜も、妻はつらいそぶりもな

【詞書】（むかし業平朝臣、河内国高安の郡にかよひける比《ころ》、沖つ白波心にかけけるふるさとは、所の人、中将の垣内となむ申し伝へて今に侍るを、中の春の十日あまり、もろともに見にまかりたりける人のもとより、

折る花のにほひ残れる

く送り出してくれる。不審に感じた男は、さては妻は留守中に浮気をしているのかと疑い、ある夜、出かけたふりをして植え込みの中に隠れ、現場を捕らえようとする。すると妻は「風ふけば沖つ白浪《しらなみ》たつ田山夜半にや君がひとり越ゆらむ」、風が吹くと沖に白波が立つ、その立つという名をもつ立田山を、夜更《ふ》けにあの人はたった一人で越えているのだろうか、と胸の内を歌によみ、夫の身を案じつつ嘆《なげ》いていたのだった。感動した男は、以後、愛人と別れ河内通いをやめたという。

業平の中将が隠れた跡は、平安時代の終わり頃、たしかに「中将《ちゅうじょう》の垣内《かきうち》」として残っていたらしい。寂蓮はこの業平の旧跡を探訪《たんぽう》後に、社寺や歌枕《うたまくら》などを見学、さらに*柿本人麻呂《かきのもとのひとまろ》の墓へと足を伸ばしていた。業平や人麻呂は、寂蓮にとって和歌史に燦然《さんぜん》と輝くスターたちである。歌道に打ち込む人々のなかには、偉大な先人を敬慕《けいぼ》するあまり、その人に少しでも近づこうと、ゆかりの跡を探訪して歩く歌人がいた。それは、俊恵《しゅんえ》の僧坊《そうぼう》である歌林《かりん》苑《えん》に集った歌人たちに色濃く見られる現象であった。俊恵の弟子、鴨長明は『無名抄《むみょうしょう》』に、「中将の垣内」について詳しく記している。寂蓮も歌林苑に出入りしていたから、そのような志向は強かったのである。

故郷の心にしみし名残をぞ
思ふ）
返し。

【語釈】○立田山―大和国の歌枕。奈良県の大和川北岸の山。古代、大和から河内へ抜ける要路。

*大輔―生没年未詳。殷富門院に使えた女房。

*伊勢物語―長明04参照。

*柿本人麻呂―生没年未詳。和銅三年（七一〇）以前没か。歌聖と仰がれた。

04

降りそむる今朝《けさ》だに人の待たれつる深山《み》の里の雪の夕暮

【出典】新古今和歌集・冬・六六三

降りはじめた今朝でさえ、人の来訪が待たれた深い山奥の里では、なおさら雪が積もったいまは人恋しくてならない、寂しい雪の夕暮れよ。

初出は『右大臣家歌合《うだいじんけうたあわせ》』十七番左歌である。右歌は藤原重家《しげいえ》の「旅人《たびびと》は晴れまなしとや思ふらん高城《たかき》の山の雪の曙《あけぼの》」であった。判者《はんじゃ》は藤原俊成《しゅんぜい》で、二句「今朝だに人の」の表現がよろしい、と褒《ほ》めていた。俊成は一方で重家の歌にも「たけありて優《ゆう》に侍《はべ》るべし」、雄大で優美、と高い評価を与えている。結局、「雪の夕暮、すこし寂《さ》びて思ひやられ侍れば」と、「雪の夕暮」の閑寂美《かんじゃくび》に肩入れし、左方《ひだりかた》の寂蓮の歌を勝としていた。

【詞書】入道前関白、右大臣に侍りける時、家歌合に雪をよめる。

＊右大臣家歌合―九条兼実主催。治承三年（一一七九）。

＊藤原重家―治承四年（一一八〇）没、五十三歳。

＊旅人は…―旅人は晴れ間が

雪に閉ざされると、奥山に人跡《じんせき》は途絶《とだ》える。降り出した朝は、まだそれほどの雪ではなかったが、それでも人の訪れが待たれた。人恋しい夕暮、しかし積雪は、もはや誰かの来訪を期待するには絶望的であった。厳しく長い冬を孤独に耐えて過ごさなければならない山棲《ず》みの、寂《さび》しさ侘《わび》しさを予感させて、余情《よじょう》もすばらしい。西行の秀吟《しゅうぎん》「*さびしさに耐へたる人のまたもあれな庵《いほり》ならべむ冬の山里」（新古今集・冬）が想起される一首である。

結句「雪の夕暮」は、その後、新古今歌人にまたたく間に受容されていく。寂蓮はすぐれた歌人だ、「雪の夕暮」も彼の歌が初見だった、と*藤原家隆《いえたか》が称賛していた*逸話《いつわ》が残るが、彼の「*さびしさの友だになきは庵《いほり》さす野中の松の雪の夕暮」（正治初度百首《しょうじしょどひゃくしゅ》）は、この寂蓮の歌に触発《しょくはつ》されたものだろう。「月の夕暮」も「花の夕暮」も用例は驚くほど少ない。雪月花《せつげつか》の中から「雪の夕暮」を選んだ寂蓮の慧眼《けいがん》には、舌を巻く。それ以後、盲点をつかれた人々の美意識を、暮れなずむ雪景色はひときわ刺激することになるのである。

「今朝だに人の」も巧みな句で、南北朝時代の*耕雲《こううん》の作「降りそむる今朝だに人の訪《と》ひ来《こ》ねば憂き身ぞいとど雪に知らるる」（耕雲千首）には、あきらかにこの歌からの影響が見てとれる。

ないと思うだろうか、高城山の雪の曙は。

*藤原俊成―元久元年（一二〇四）没、九十一歳。寂蓮の養父。

*さびしさに…―さびしさに耐えている人が他にいたらいいなあ。もしそうなら庵を並べよう、冬の山里に。

*藤原家隆―嘉禎三年（一二三七）没、八十歳。定家と並ぶ新古今時代の代表歌人。

*逸話―『先達物語』に「寂蓮はいじみき者なり。雪の夕暮も彼の歌にはじめて見えき」とある。

*さびしさの…―さびしさをなぐさめ合う友だと思い、その近くに庵を結んだ野中の松さえ雪に埋もれて見えない、雪の夕暮。

*耕雲―正長二年（一四二九）没、八十歳前後か。

05

尾上《をのへ》より門田《かどた》にかよふ秋風に稲葉《いなば》をわたるさを鹿の声

【出典】千載和歌集・秋下・三二五

山の頂上付近から門前の田へと吹き通う秋風に稲の葉がそよぐが、あたかもその稲葉を伝うかのように山から響いてくるよ、鹿の声が。

『百人一首』で知られる、源《みなもとのつねのぶ》経信*の名歌「夕されば門田の稲葉おとづれて蘆《あし》のまろ屋に秋風ぞふく」（金葉集・秋）からの影響が見てとれる。

この歌については、興味深い逸話《いつわ》が残っている。寂蓮はこの歌を傑作《けっさく》だと自負《じふ》しており、『千載集』への入集を強く望んでいた。撰者《せんじゃ》で養父の藤原俊成は、「真実味に欠ける、後代の和歌を損なわせかねない作だ。恋の歌や嘆きの歌にはおおげさな表現もゆるされるが、四季の歌には嘘があってはなら

【詞書】鹿の歌とてよめる。

【語釈】○尾上―山頂。○門田―門前の田のことで、家の近くにある田。○さを鹿―牡鹿。「さ」は接頭語。

*源経信―永長二年（一〇九七）没、八十二歳。

ない」と拒絶する。それでも、なお寂蓮は入れてほしいと泣いて頼むので、不憫《ふびん》に思った義弟の定家が父の撰集《せんじゆう》を助けていた役得《やくとく》で書入《かきい》れたのだという。この話は、定家や*為家《ためいえ》が書きとめていたもので、信憑性《しんぴようせい》は高い。為家は、近頃の歌はこうした風潮が目につく、ただの虚言《きよごん》に陥り憂慮《ゆうりよ》される、と悪影響を予見《よけん》していた祖父の眼力《がんりき》に感じ入ってもいる。後に『*八雲御抄《やくもみしよう》』で「風情《ふぜい》のいりほが」（奇抜な趣向を追い求めるあまり、かえって不自然でおかしな表現となってしまう）の例歌《れいか》に引かれる、寂蓮の「*和歌の浦を松の葉ごしにながむれば梢《こずえ》によする海人の釣舟」（新古今集・雑中）は、『千載集』成立の頃、「*殷富門院大輔百首《いんぷもんいんのだいぶひやくしゆ》」における詠作であった。さらに四年後の「*十題百首」では「*外山《とやま》なる木《こ》の葉がくれにつたひきて嵐になびくむささびの声」の作も見出せる。往時《おうじ》の寂蓮が志向したのは、このような凝《こ》った、ないしは凝りすぎた趣向《しゆこう》の作品であった。

　歌のできばえは、第四句のよしあしに負うところが大きい。それをよく知る寂蓮のねらいは、当然、「稲葉をわたる」にあった。歌の道に執心《しゆうしん》する寂蓮の、あくなき表現者としての姿がしのばれる一首である。

*為家―建治元年（一二七五）没、七十八歳。父は定家。定家の言は『先達物語』に、為家の言は『為家書札』に見える。

*八雲御抄―順徳院著。鎌倉時代の中期に書かれた。

*和歌の浦を…―和歌の浦を松の葉ごしに見渡すと、あたかも梢に寄せて来るように見えるよ、海人の釣舟が。

*殷富門院大輔百首―文治三年（一一八七）春の成立。

*十題百首―九条良経主催。建久二年（一一九一）冬の成立。

*外山なる…―里近い山の木の葉にかくれるように伝わってきて、強い風になびくように聞こえるよ、ムササビの声が。

06

津の国の生田《いくた》の川に鳥も居《ゐ》ば身をかぎりとや思ひなりなむ

【出典】寂蓮結題百首・七八

妻あらそいで知られる摂津国の生田川、そこにもし鳥も居たならば、私もいよいよこの身を最後だと思ってしまうことだろうか。

*『大和《やまと》物語』には、生田川《いくたがわ》を舞台にした妻あらそいの話がある。昔、摂津《せっつ》の国に、年齢も容姿も人柄《ひとがら》も身分も同じで、優劣のない二人の男性から求婚された娘がいた。それなら愛情の深いほうと結婚しましょうと思ったけれども、両人等《りょうにんひと》しく誠実なので決められない。贈り物もまったく同じようにおくってくる。どちらかを選ぼうとして苦しむ娘の姿を見かねた親は、生田川に居る鳥を射た人に娘をさしあげますと約束する。二人の男はよろこび、勇

【詞書】等しくふたりを思ふ。

【語釈】○津の国―摂津の国。現在の大阪府北西部と兵庫県南東部。○生田の川―生田川。摂津国の歌枕。○居ば―「ゐる」（鳥などの飛ぶものがある物の上に留まっている状態）の未然形

んで鳥を射るが、一人は頭のあたり、もう一人は尾のあたりを同じように射抜き、やはり決着がつかない。娘は悩み抜き、「住みわびぬわが身なげてむ津の国の生田の川は名のみなりけり」との辞世《じせい》を残し、ついに生田川へと身を投げる。二人の男も後を追って飛び込み、一人は娘の足をとり、一人は娘の手をとって、ともに死んだという。

原話は*芦屋菟原処女《あしやのうなひをとめ》の悲恋として知られる、生田川伝説。早く『万葉集』で*高橋虫麻呂《たかはしのむしまろ》、*田辺福麻呂《たなべのさきまろ》、*大伴家持《おおとものやかもち》らにより、この話を題材に和歌が創作されている。謡曲の「求塚《もとめづか》」や、また近代でも森鷗外《おうがい》が戯曲『生田川』を書いたように、古来、この悲恋譚《ひれんたん》に詩心《しごころ》を刺激された芸術家は多い。

寂蓮は*結題《むすびだい》「等《ひと》しくふたりを思ふ」（等思両人）を、『大和物語』を踏まえて処理しようと企《くわだ》てた。イメージの世界で、二人の男のどちらとも婿《むこ》を決めかねて苦しむ一人の女を、まず設定する。そして、その女を水辺にたたずませ、これで水鳥でも川面に居たならば、私と同じ立場だった菟原処女の苦しみがより実感をともなって胸に迫《せま》り、進退のきわまった私も身を投げることになりそうだと、彼女に独白させる。*結題の名手とされた寂蓮は、等しく二人の男を思う女の恋の苦悩を、巧《たく》みにうたいあげていくのである。

「ゐ」に接続助詞「ば」がついた形。順接の仮定条件で、以下には順当な結果が予想されることになる。

*大和物語―歌物語。作者未詳。十世紀半ば頃に成立。

*芦屋菟原処女―菟原の地に住んでいた伝説の美少女。

*高橋虫麻呂―生没年未詳。万葉第三期の歌人。

*田辺福麻呂―生没年、伝未詳。万葉第四期の歌人。

*大伴家持―延暦四年（七八五）没、六十八歳（六十九歳とも）。万葉第四期の歌人。『万葉集』の編纂に関与した。

*結題―長明12参照。

*結題の名手―「寂蓮はことに結題をよく詠みしなり」（後鳥羽院御口伝）。

07

言ひおきし心もしるし円《まと》かなる位《くらゐ》の山に澄める月影

【出典】拾玉集・第五・五一六七

円位《えんい》上人が言い残した心願の成就も、円満清浄《しょうじょう》の月が位山《くらいやま》に澄み輝くのを見るがごとくに、明らかだとわかります。きっと悟りの境地を得て仏となられたことでしょう。

【語釈】○位の山―飛騨国の歌枕。西行の法名である円位を意識した「円かなる位」から続ける。

＊二月十六日―ふつうは十五日の夜が満月だが、この年は十六日。

西行が生前に桜の歌を多く詠《えい》じていたなかに、「願はくは花のしたにて春死なむその如月《きさらぎ》の望月のころ」の一首があり、その歌の通りに文治六年(一一九〇)二月十六日＊の満月の日に、入寂《にゅうじゃく》したことは、あまりにも有名である。同時代の歌人たちに、このことは深い感動をもたらした。各人各様に印象的な作品を残しているが、寂蓮も、慈円から六首の歌を贈られ、それに和して同数の返歌を届けていた。この歌は、慈円の「君知るやそのきさらぎと言ひおきてことばにおへる人の後《のち》の世」への直接の返歌にあたる。「その如月」とは、釈尊《しゃくそん》が入滅した二月十五日の満月の夜を指す。現代でも涅槃会《ねはんえ》が行われ、仏教では特別な日にあたっている。寂蓮は強く釈尊を信仰していた。二月十五日の夜に嵯峨《さが》の釈迦堂へ詣でてから出家しようと、同行者と約束を交わした歌も、家集には残っている。

西行は花と月を愛した歌人であるとともに、熱心な仏道修行者でもあった。釈尊と同じ日に死にたい、できれば満開の桜の下で満月の夜に。願い通りの安寧《あんねい》な死を西行は迎える。あなたはわかりますか、西行上人の後世《ごせ》が、という慈円の問いかけに、寂蓮は「円かなる位」、つまり西行の法名「円位」をよみ込み、「位山」の満月を素材に、成仏《じょうぶつ》は明らかだと応じている。位山は「暗し」と掛けて用いられることが多いから、対照の妙も意識してのことであろうか。仏教では、月は悟りの象徴であり、無明《むみょう》の闇に対し、満月円《えん》明《みょう》の体は心に迷いのない境地を表すとされていた。

「花月に対して動感の折ふし、わづかに三十一字をつくるばかりなり」*と心のままに歌をよみ、かつ修行に生き、願いのごとくに生涯を閉じた西行は、寂蓮にとってあこがれの存在であったのだ。

*花月に対し―『吾妻鏡』文治二年八月十五日条に見える、西行が頼朝に語った言葉。

08

和《やは》らぐる光や空に満ちぬらむ雲にわけいる千木《ちぎ》の片《かた》そぎ

【出典】夫木和歌抄・雑十六・すさのを、出雲・一六〇九五

仏が姿をやわらげた出雲の神、その御威光《ごいこう》が空に満ちているのだろうか。大空遙《はる》かに漂う雲を分けて高く伸びているよ、千木の片削《かたそ》ぎが。

出雲大社を詠じた作である。その社殿の高さを話題にする際に、かならずと言ってよいほど引かれる歌でもある。平安時代の中頃に成立した子ども向けの書物に、全国の高層建築を高い順に並べた数え歌がのっている。それによれば、「雲太《うんた》、和二《わに》、京三《きょうさん》」、第一位が出雲の大社、第二位が大和の東大寺大仏殿、第三位が京都の平安京大極殿《だいごくでん》だというのだ。寂蓮の出雲への旅は、建久《けんきゅう》元年（一一九〇）春のこととされている。左注によれば、参詣の折に

【詞書】夫木和歌抄によれば前の歌の「家集」がかかる。
【左注】この歌は、出雲の大社に詣でて見侍りければ、あま雲たなびく山の中まで片そぎの見えけるなむ、この世の事ともおぼえざりけるによめると云云。

初めて目《ま》のあたりにした社殿の高さを、雲の中まで千木の片削《そ》ぎが伸びて見えているようすはこの世のものとも思えない、と驚いている。当時は日本一の高さをほこる巨大な建造物であったらしい。

「和らぐる光」とは、「和光《わこう》」を大和ことばで言い換えた表現。仏が本来の姿を変え、神として威徳《いとく》の光をやわらげ、日本に出現したことを指している。社殿の先端、千木の片削ぎが雲を突《つ》く情景に、立ちのぼる出雲の神の御威光が天空へと充《み》ち満ちているようだと一首をつくりあげていく。

ところで、神域の鬱蒼《うっそう》とした杜叢《しゃそう》や、ぐるりと周囲をめぐる神垣《かみがき》などには、寂蓮は興味を示さなかったのだろうか。彼の視線はまっすぐに、どこまでも上へ上へと昇っていくのである。

寂蓮は、上下のラインに強い関心を示す歌人であった。「真柴《ましば》分《わ》けはやむる駒におどろきて木高《こだか》くうつる蟬のもろ声」（寂蓮結題百首*）のような、雑木を分け足を速《はや》める馬に驚いて、いっせいに梢《こずえ》高く上方へと飛び移る蟬たちを詠じた歌もある。思えば「槙立つ山」（11参照）、「霞におつる」（18参照）、「霧立ちのぼる」（19参照）などの独創的な佳句《かく》も、垂直方向への鋭敏な感性がもたらした表現といえるのではないか。

【語釈】○千木の片そぎ―神社の棟上から交叉して突き出た木の、一角を切り削いだもの。

＊子ども向けの書物―源為憲《ためのり》著『口遊《くちずさみ》』。

＊寂蓮結題百首―文治三年（一一八七）十一月頃の成立。

09

いかばかり花咲きぬらむ吉野山霞にあまる峰の白雲

【出典】新勅撰和歌集・春上・五九

いったいどれほどの桜がいまを盛りと咲きほこっているのだろうか。吉野山を覆《おお》う霞からもこぼれて見えている満開の桜は、まるで峰にかかる白雲のようだ。

「*花月《かげつ》百首」の一首。この歌のねらいは四句「霞にあまる」にある。寂蓮によってはじめて創出された表現であった。おそらく彼の念頭には、『千載集』に採《と》られて当時名高かった、次の重家の歌があったはずである。

*初瀬《はつせ》の花のさかりを見わたせば霞にまがふ峰の白雲

「霞にまがふ」、霞に似《に》ていて見わけがつかない、という*初瀬山《はつせやま》の桜を凌駕《りょうが》するような、吉野山の桜にふさわしい表現を見つけようと、寂蓮は心を砕《くだ》い

【詞書】新勅撰集によれば前の良経歌の「家に花五十首歌よませ侍りける時」がかかる。

【語釈】○吉野山—大和国の歌枕。桜の名所。○白雲—桜をたとえた比喩表現。

*花月百首—建久元年（一一九〇）。

たのではないか。全山満開の時節には吉野山の桜は霞と見わけがつかないどころか、山容《さんよう》を覆う霞から余るほどにはみ出して咲き誇っている、と。

この歌は『*新勅撰集』では「むかし誰《たれ》かかるさくらの花を植ゑて吉野を春の山となしけむ」という、同じく「花月百首」でよまれた主催者九条*良経《りょうけい》の歌の直後に配されていた。「春の山」としての吉野山は、他を圧倒する桜の名所でなくてはならない。撰者の定家も、そのことをよく分かった上で、この二首を並べたのではないか。

結句「峰の白雲」は、山桜を峰にかかる白雲と見立てた和歌の常套表現で、体言止めになっている。体言止めは余情《よじょう》を生む。その効果を最大限に引き出すためには、直前の四句を磨き抜く必要があった。

為家は『*詠《えい》歌《が》一体《いってい》』の中で、最近の歌人が最初によみ出した独創的な佳句を「*ぬしある詞《ことば》」として列挙し、たとえ一句でも用いてはならない、と厳しく誡《いまし》めていた。それらは、ほとんどが四句の七文字である。三句切れが主流の時代に、上句でいったん小休止が置かれた後、結句へといかに巧みにつなげて一首を完成へと導くか、作品のできばえは第四句にかかっていた。そのことに最も自覚的であった歌人の一人が、寂蓮であった。

花と月ばかり五十首ずつの百首。

*を初瀬の……―初瀬山の花盛りを見わたすと霞に紛れて白雲と見わけがつかないよ（千載集・春上・藤原重家）。

*初瀬山―大和国の歌枕。「菅原や伏見の暮に見わたせば霞にまがふを初瀬の山」（後撰集・雑三・読人不知）。

*新勅撰集―第九番目の勅撰集。藤原定家撰。嘉禎元年（一二三五）成立。

*九条良経―元久三年（一二〇六）没、三十八歳。定家・寂蓮ら俊成門下の歌人を庇護した。

*詠歌一体―為家の歌論書。鎌倉時代末期成立。

*ぬしある詞―著作権のある表現。

10

越えて来《こ》し宇《う》津《つ》の山路《ぢ》にはふ蔦《くず》も今日《けふ》や時雨《しぐれ》に色は付《つ》くらむ

【出典】寂蓮法師集・一五四

越えて来た宇津の山路に這《は》っていた蔦の葉も、今日はこの時雨のために紅《あか》く色づきはじめただろうか。

寂蓮の東国下向《とうごくげこう》の旅は、五十歳をわずかに越えた頃、建久二年（一一九一）九月から十月のことと考えられている。詞書に「末の秋」とあるので、宇津の山を越えたのは九月と知れる。

『伊勢物語』第九段、いわゆる東下《あずまくだ》りの章段には「宇津の山にいたりて、わが入らむとする道はいと暗う細きに、蔦楓《つたかへで》は茂り、もの心細く」とあるから、宇津の山越えの細道は蔦や楓が茂っていて、そのためにたいそう暗

【詞書】末の秋あづまの道にて手越、はつくらと云ふ所を。

【語釈】○て来し—手越を詠み込む。「手越は」安倍川の西岸。静岡市駿河区。○宇津の山—駿河国の歌枕。『伊勢物語』以来、蔦の下道や山伏（修行者）、夢などと

く、心細いような道であったらしい。
宇津の山を挟《はさ》んでの位置関係は、西に初倉《はつくら》、東に手越《てごし》が在った。したがって京の都から東海道を東へと下る際、駿河《するが》の国（静岡県）の街道沿いの土地の並びは「初倉」から「宇津の山」そして「手越」へという順になる。この歌には、初句に手越「越えて来し」、結句に初倉「色は付くらむ」と、現地の地名が詠み込まれている。優雅さからは遠い、ことば遊びに興《きよう》じた一首である。しかし、遊戯性《ゆうぎせい》もまた確かに和歌のもつ一面であったのだ。
後鳥羽院は、*狂歌《きようか》さえもとっさの事態に即応《そくおう》して一流の風情でよんだ技などは、ほんとうの達人と見えた、と即興《そつきよう》で狂歌をよむ寂蓮の力量を高く評価していた。
『*古今著聞集《ここんちよもんじゆう》』には、皆で集まって瓜《うり》を食べている時に、ある人が「*万物《ばんぶつ》はみな空《くう》なり」と仏教の教えを説いたので、寂蓮が即座《そくざ》に「何もみな空《くう》になるべき物ならばいざこの瓜に皮も残さじ」と、「空」に「喰《く》う」を掛け、それなら皮まで残さず全てなくなるまで皆食い尽《つ》くすぞ、と詠じた逸話《いつわ》が伝わっている。彼は当意即妙《とういそくみよう》の才に秀《ひい》でた歌人でもあったのだ。

共によまれた。○時雨に色は付くらむ―植物は時雨によって紅葉すると考えられていた。「は付くら」に初倉をよみ込む。「初倉」は、牧ノ原の東北、大井川の南岸。静岡県島田市。

*狂歌さえも……―「寂蓮は狂歌までも、にはかの事に故あるやうに詠みし方、真実の堪能と見えき」（後鳥羽院御口伝）。

*古今著聞集―説話集。橘成季編。建長六年（一二五四）成立。この瓜の話は下巻第二十八・飲食の項に見える。

*万物はみな空なり―万物皆空。存在するすべての物は固定した実体ではなく空である。

11

さびしさはその色としもなかりけり槙《まき》立つ山の秋の夕暮

【出典】新古今和歌集・秋上・三六一

さびしさは特にどの色がさびしいというわけでもなく、全体にさびしさが感じられるよ。槙が林立《りんりつ》する山の秋の夕暮れ時の景色《けしき》は。

【詞書】題知らず

【語釈】○しも―強意の副助詞。○槙―真木。檜や杉などの木。

＊十題百首―05参照。

『新古今集』の詞書は「題知らず」だが、出典は「十題百首＊」で、その「木部」十首のなかに見出せる歌である。

「その色」については、古注《こちゅう》の多くが秋の色すなわち「紅葉《もみじ》の色」とするのに対し、近代の注釈書は特定の色ではなく「様子」「状態」と解するのが一般的である。『新古今集』中の「春の色」「秋の色」「心の色」は、すべて可視的《かしてき》なイメージをも伴《ともな》う形で用いられていることを考え合わせれば、槙は常緑で紅葉しないという色彩の連想から選ばれ、同時に抽象的な様子・気色などの意味も内包していると考えるのが当時の人々の捉《とら》え方ではなかったか、との*指摘がある。

「槙立つ山」は『万葉集』にいくつかの例が見られる。この寂蓮の歌を契《けい》機《き》として、同時代の歌人たち数名が、ただちに自詠に取り込んだほか、「槙立つ雲」「槙立つ杣《そま》」などの派生表現もうまれていた。

「槙立つ山」とは、もとより普通名詞だが、多くの作例が吉野とともに詠まれており、吉野が古来より隠棲《いんせい》の地であったことを思うとき、槙立つ山に住まいして秋の寂寥《せきりよう》を感じているのは、西行や作者寂蓮に連なる隠者《いんじや》的人物像が思い浮かぶと読む*研究者もいる。

古来、*三夕《さんせき》の歌として名高い三首のうちの一首である。長明は『無名抄』において、幽玄《ゆうげん》とは何か、の問いに答えて「たとへば秋の夕暮の空のけしきは、色もなく声もなし。いづくにいかなる故《ゆゑ》あるべしともおぼえねど、すずろに涙こぼるるがごとし。これを心なき列《つら》の者は、さらにいみじと思はず。ただ目にみゆる花、紅葉をぞめで侍《はべ》る」と記していた。こうした美意識がこの歌を生み、またこの歌がさらにその美意識を助長したといえるだろう。

＊指摘がある―久保田淳『新古今和歌集全評釈』。

＊研究者もいる―川村晃生「槙立つ山」（『銀杏鳥歌』十三号）。

＊三夕の歌―寂蓮のこの歌から「心なき身にもあはれはしられけり鴫《しぎ》たつ沢の秋の夕暮」（西行法師）、「見わたせば花も紅葉もなかりけり浦のとま屋の秋の夕暮」（藤原定家）までの連続する三首をまとめていう。いずれも結句が「秋の夕暮」で終わっていることから一括りにされ尊重された。

12

憂き身には犀《さい》の生《い》き角得《つのえ》てしかな袖の涙も遠ざかるやと

【出典】夫木和歌抄・雑九・動物・犀・一三〇一〇

つらいことの多い身の上には、サイの生身《なまみ》の角が欲しいなあ。そうすれば水難を避《さ》けるというその威力に、袖の涙も私から遠ざかってくれるだろうか。

サイは霊獣《れいじゅう》であり、特にその象徴である角に神秘的な力があると思われていた。現代でも、根拠のない薬効《やくこう》のために、角をねらう密猟者の犠牲になるサイが後をたたないと聞く。当時、サイの生き角は、身につけているだけで水難《すいなん》から身を守ってくれると信じられていた。水を遠ざけてくれるのなら、いつも袖が涙であふれている身の上には、何としても手に入れたい品物だったにちがいない。悲しみの涙と縁が切れると考えたのである。

【詞書】十題百首。

【語釈】○憂き身―水の関連から「浮き」が響いていると見られる。○犀の生き角―サイの生身の角。○得てしかな―得たいなあ。「しか」は願望を表す終助詞。それに詠嘆の「な」が付いていている。

『*夫木和歌抄《ふぼくわかしょう》』に見える歌だが、もともとは「十題百首」の獣《けだもの》部においてよまれた作である。『夫木和歌抄』はさまざまな題の和歌を集めた大規模な類題集《るいだいしゅう》だが、その動物部の「犀《さい》」には、この歌一首しか載《の》せられていない。きわめてまれな題材であったことが確かめられる。

古来、大量に流れ落ちる涙を川や海にたとえた作例は枚挙《まいきょ》にいとまがない。「*涙川枕ながるるうきねには夢もさだかに見えずぞありける」(古今集・恋一・読人不知《よみびとしらず》)、「*君恋ふる涙の床にみちぬれば澪標《みをつくし》とぞ我はなりぬる」(同・恋二・藤原興風《おきかぜ》)など。「十題百首」は各題十首の百首である。おそらく寂蓮は「獣」という珍しい歌題を前に、どんな動物を選ぶべきか、相当に吟味《ぎんみ》をしたのだろう。候補の一つにサイが浮かぶ。何といってもサイの象徴は角であり、水難除《よ》けとされている。一方で、袖は涙の大洪水という大仰《おおぎょう》な表現が、歌よみの身体には染みついていた。新奇な素材と和歌の伝統が「獣」の題を触媒《しょくばい》として、この特異な作品へと結実したのではないか。

およそ和歌に用いられない素材を使って、意表をつく一首に仕立てあげるのは、異能《いのう》の歌人、寂蓮の面目躍如《めんぼくやくじょ》である。反面それが、宮廷和歌の正統から外れていると見られることもあった。

*夫木和歌抄―長明03参照。

*涙川…―涙の川に枕が流れる浮き(憂き)寝には夢もはっきりと見えないのだった。

*君恋ふる…―あなたを恋い慕う涙が海のように床に満ちて、あたかも澪標のような私は、身を尽くして(絶命して)しまいそうだ。

13

牛の子に踏《ふ》まるな庭のかたつぶり角《つの》あればとて身をばたのみそ

【出典】夫木和歌抄・雑九・動物部・一三一〇九

牛の子に踏まれないように、庭のカタツムリよ。角があるからといって、わが身を過信するでないぞ。

【詞書】「蝸牛」の項目題がかかる。

【語釈】○角―触覚。蝸牛の角は、白居易の「蝸牛角上《かぎゅうかくじょう》何事をか争ふ」（酒に対す）など漢詩句ではなじみ深い。○そ―終助詞。禁止を表す。禁止「な…そ」の「な」が

11「さびしさは」の歌、また12「憂《う》き身には」の歌と同じ機会、「十題百首」の虫部においてよまれた作である。

この歌は、『*梁塵《りょうじん》秘抄《ひしょう》』の「舞へ舞へ蝸牛《かたつぶり》　舞はぬものならば　馬の子や牛の子に蹴《く》ゑさせてむ　踏破《ふみわら》せてむ　実《まこと》に美しく舞うたらば　華《はな》の園まで遊ばせむ」をもとに詠まれた作品として、つとに知られている。

出典である『夫木和歌抄』は、「蝸牛」の歌として寂蓮のこの歌のほか二

首をあげているが、いずれも後の時代の作品であり、カタツムリを和歌に取りこんだのは寂蓮が最初であろうか。みやびな和歌にはなじまない題材だが、小さいものへの愛情に溢《あふ》れ、同時代の先輩歌人、*西行の歌に似た雰囲気が漂う。さらにはるか後代の俳人、*小林一茶《いっさ》の句「*雀《すずめ》の子そこのけそこのけ御馬《おんま》が通る」にも、かようものが感じられる。

この百首で寂蓮は、「さびしさは」の名歌のほかに、すでにとりあげた「憂き身には犀の生《い》き角《つの》」の歌、さらには「*人すまで鐘も音せぬ古寺《ふるでら》にたぬきのみこそ鼓《つづみ》うちけれ」のような童謡「証城寺《しょうじょうじ》の狸《たぬき》ばやし」を思わせる作、05歌の解説で引いた「外《と》山なるこの葉がくれにつたひきて嵐になびくむささびの声」、さらに「*霜枯れの野飼《が》ひの牛のけしきまで立つはものうき冬の山里」など、新奇な題材も積極的にとりいれたユニークな歌を作っていた。

良経《りょうけい》の「十題百首」は、新風の世界を広げる果敢《かかん》な実験であった。それにもっとも意欲的に応じたのは寂蓮であったといってよいだろう。三夕《さんせき》の歌から狂歌《きょうか》、今様《いまよう》取材の類までも自在によみこなす、多才な寂蓮を覚醒《かくせい》させた和歌催事《さいじ》でもあった。

無い形は院政期頃から出現しはじめ、印象はよりきついという。

*梁塵秘抄—今様《いまよう》の歌謡撰集。後白河天皇撰。平安時代末期成立。

*西行—長明08参照。

*小林一茶—文政十年（一八二七）没、六十五歳。

*雀の子……—『おらが春』所収。

*人すまで……—住職もいないので鐘の音もしない古寺に、狸だけが腹鼓を打っているよ。

*霜枯れの……—霜で枯れた野に放牧されている牛まで、立っているものはなんとなくけだるく見える冬の山里の景色。

14 鵜《う》飼《かひ》舟《ぶね》たか瀬さしこす程なれやむすぼほれゆくかがり火の影

【出典】新古今和歌集・夏・二五二

鵜飼いの舟が浅瀬を越えてゆく時なのであろうか、もつれて揺らめいているよ、篝火《かがりび》の炎が。

「摂政太政大臣家百首歌合」すなわち*『六百番歌合』の二十四番右の歌である。対する左の歌は*顕昭《けんしょう》の「*夜川《よかは》たつ五月《さつき》きぬらし瀬々を尋《と》め八十伴《やそとも》の男《を》も篝《かがり》さすはや」であった。この歌合の*披講《ひこう》・評定《ひょうじょう》は何回にも分けて行われたが、そのたびに顕昭は独鈷《どっこ》を携《たずさ》え、寂蓮は鎌首《かまくび》をもたげて互いに譲らず論争し、陰で見ていた女房たちは「例の独鈷・鎌首よ」と揶揄《やゆ》したという。左方から出された論難は「火のむすぼほるる、心得《え》ず」、つまり四句が納得

【詞書】摂政太政大臣家百首歌合に、鵜河をよみ侍りける。

【他出】六百番歌合・二十四番右。

*六百番歌合―九条良経の主催。建久四年（一一九三）ないし翌年の成立か。

*顕昭―長明19参照。

できない、というものだった。たしかに、これ以前に火焔《かえん》を「むすぼほる」（絡《から》まりあう）と表現した例はない。判者《はんじゃ》の藤原俊成は「むすぼほれゆくかがり火の影も、たか瀬さしこさむ程はさも見え侍《はべ》りなむ」と擁護《ようご》してはいたが、結局は欠点を特に指摘しないまま寂蓮の歌に負判《まけはん》をつけていた。

この歌は『新古今集』に採られている。闇の中で動きが見えない鵜舟《うぶね》を、火焔の激しく揺れる様子から、今まさに浅瀬を越えて行くところと想像した、その知的な判断をともなった発想。もつれゆらめく篝火《かがりび》の炎のさまを「むすぼほれゆく」と表現した点。そこに寂蓮の高い技量を認めようとする見方がある。これまでの和歌の歴史において「むすぼほる」が苦悶する心情をともなってよまれてきたことが、浅瀬をゆれながらこえて行く鵜舟や舟人の辛苦《しんく》の心情をもかもしだして、客観的な叙景《じょけい》に終始せず、その背後に心象的な世界の奥行きを感じさせることに成功している、と*評価するのである。

「むすぼほる」は、その後、波の音や風の音、虫の声など目に見えないものにも使用された。『新古今集』にも八例見出せる。斬新《ざんしん》な音楽や絵画が発表当初しばしば評価されないように、寂蓮の歌は時代を先取りしていたといえよう。*勝判《かちはん》を得た顕昭の歌は、ついに勅撰集には入集しなかった。

*夜川たつ……—夜の川で鵜飼いをする五月がやってきたらしい。浅瀬を求めて大勢の男たちが篝火を焚いている。

*披講・評定—歌をよみあげて披露することと、左方と右方の人々が互いに論評し議論すること。

*評価—稲田利徳「新古今集の「古」と「今」—「むすぼほる」世界—」（『新古今集とその時代』所収）参照。

*勝判—久保田淳『新古今和歌集全評釈』は、「このあたりで勝を与えねば、顕昭は負がこんでしまうと考えたのではないか」と俊成の政治的な判断に言及する。

15

思ひあれば袖に蛍《ほたる》をつつみても言はばやものを問《と》ふ人はなし

【出典】新古今和歌集・恋一・一〇三二

あの人を恋い慕《した》う秘めた思いがあるので、昔物語の少女のように袖に蛍を包んででも告白しようと決めたのです。けれども、どうかしたの、と尋ねてくれるはずの肝心のあの人は、この場にはいないのです。

【詞書】新古今集によれば前良経歌の「家に歌合し侍りけるに、夏恋の心を」がかかる。

【語釈】○思ひ―秘めた恋の思い。「思ひ」の「ひ」に蛍の縁語「火」が響く。○言はばやものを―「いはばや／

「つつめどもかくれぬ物は夏虫の身よりあまれる思ひなりけり」（後撰集・夏・読人不知）を本歌とする。この本歌は『大和物語《*やまとものがたり》』が収める短編物語にも見出せ、それによれば女主人に仕えていた少女の作と知れる。少女は女主人のもとに通ってきていた貴公子に、ひそかな恋心を抱いていた。しかし、相手の貴公子はその思いに気づいてくれない。蛍を捕まえて、汗衫《*かざみ》の袖につつんでご覧に入れた時に、少女が胸に秘めた思いを伝えた歌が、「つつめども」の本歌であった。汗衫の袖に隠した蛍の放つ光が、布を通して外部にまで見えるのを、「身よりあまれる思ひ」と表現したのである。「思ひ」には「夏虫」（蛍）の縁語「火」が掛けられていることは、言うまでもない。*『詠歌一体《えいがいってい》』の「古歌を取る事」は、あの『大和物語』の汗衫の袖に透かされた蛍の物語を念頭において詠まれたものだ、と説明している。寂蓮のこの歌は、少女にならって行動に移そうと決めたにもかかわらず、きっかけがないことを嘆いた作。季節は夏、蛍はあたりにたくさんいるというのに、告白の機会は訪れない。『大和物語』の少女にもまして、内に秘めた思いをとき放てない切なさに、悩みはいっそう深い。

　優雅ななかにあでやかさを秘めたよみぶりを、「*濃様《のうよう》」と当時は分類していたが、その例歌として引かれている一首でもある。*歌は上品で美しく、弱い所があって、美女が苦しんでいる姿を見るようだ、と寂蓮の歌風を評していた『歌仙落書《かせんらくしよ》』の記述も、あらためて想い起こされる。

　物語の一説を作品に取り込み表現の幅を豊かに広げることを、本説取《ほんぜつど》りという。寂蓮は、そうした技巧にもたけていた。「夏恋」をテーマに作品の世界を艶《あで》やかに構成する。歌題設定にみごとにこたえてみせた秀作である。

ものを」と句割れ（句またがり）になっている。○人—思い人。

*大和物語—06参照。

*汗衫—後部の長い単衣《ひとえ》の服で、表着《うわぎ》の上に着る。童女の正装。

*詠歌一体—09参照。

*濃様—『定家十体《ていかじってい》』が分類する十種の歌体の一つ。

*歌は上品で…—01参照。

16

深き夜の窓うつ雨に音せぬは憂《う》き世を軒のしのぶなりけり

【出典】寂蓮法師集・九七

夜更《ふ》けの窓うつ雨に音も立てないのは、軒の忍草《しのぶぐさ》であるよ。そのように、どのような迫害にあおうとも、仏を念じて耐え忍ぶのが、隠遁《いんとん》して仏法を説く者のつとめなのだ。

家集では「法華経《ほけきやう》二十八品《にじふはつぽん》歌結縁《かけちえん》のため、人々よみける中に」として括《くく》られた十六首のなかの一首である。平安時代の末期になると、*釈教歌《しやっきようか》が盛んによまれるようになるが、そのほとんどは『法華経』を題材とする作品であった。「法華経二十八品歌」とは、『法華経』全二十八品（二十八章）から経句など一部を題とし、各品一首ずつ計二十八首の和歌をよむことで、多くの作例が伝わっている。

【詞書】法師品、加刀杖瓦石、念仏故応忍。

【他出】新古今集・釈教。

【語釈】○軒―「憂き世を退《の》き」から続ける。○しのぶ―忍ぶ草。がまんする（しのぶ）意を掛ける。

この歌は、*法師品《ほっしぼん》から、「若説此経時　有人悪口罵　加刀杖瓦石　念仏故応忍」（もしこの経を説かん時、人ありて悪口《あくこう》をもって罵《ののし》り、刀・杖・瓦・石を加うとも、仏を念ずるが故《ゆゑ》にまさに忍ぶべし）の後半部分を題としてよまれている。「窓うつ雨」にも音をたてずに、ひたすら耐えている忍ぶ草に、迫害者からの攻撃にもじっと耐えている布教者の姿を重ね合わせているのである。

夜更《よふ》けに窓をうつ雨の音は、人を目覚めさせ、憂き世や憂き身をしみじみと感じさせるものであったらしい。漢詩句「*蕭蕭暗雨打窓声」（蕭蕭《せうせう》タル暗《くらき》雨《あめ》ノ窓《まど》ヲ打《う》ツ声《こゑ》）によるこの表現は、平安時代の後半からめだって和歌に用いられてくる。下句は「憂き世を退《の》き」から「軒のしのぶ」へと続け、「軒」には「退《の》き」が掛けられている。俗世から退去した隠遁《いんとん》者の庵《いおり》の、軒先に生える忍ぶ草は、同時にひっそりと経典《きようてん》の教えを保守する隠遁者の象徴であり、ひいては作者の寂蓮をも暗示させる。

このような、経典を理解し釈教歌をよみこなす力量も、時代の趨勢《すうせい》から、当時の歌人には求められていたのだった。

＊釈教歌―仏教関係の和歌。

＊法師品―教えを説く者についての章。

＊蕭蕭暗雨打窓声―白楽天の「上陽白髪人」中の詩句。

17

もの思ふ袖より露やならひけむ秋風吹けば耐《た》へぬ物とは

【出典】新古今和歌集・秋下・四六九

もの思いにふけるあまり涙のしずくが落ちる私の袖から、草木の露は習ったのだろうか。秋風が吹くとこらえきれずにこぼれ落ちるのだと。

【詞書】百首歌たてまつりし時。

肌寒く感じられる秋の夜、地面が冷《ひ》えて、地表近くの水蒸気が露点《ろてん》よりも下がり、水滴となって草木に露を結ぶ。湿潤《しつじゅん》で寒暖の差がはげしい日本にくらす人々は、この自然現象を見のがさなかった。秋の露は万葉の昔から、歌人たちの詩心をとらえつづけてきたのでる。

露は涙を連想させる。「秋思」「悲秋」という漢語を引くまでもなく、秋は憂愁《ゆうしゅう》を感じさせる季節であった。西行に「おしなべて物を思はぬ人にさへ心をつくる秋の初風」（新古今集・秋上）、人に物思いの心をつけるのが秋の初風、つまり秋という季節が到来したからなのだ、という名歌もある。

寂蓮の歌は、ややことば足らずで、誰の「袖」なのか、また何の「露」なのか、はっきり示されていない。しかし「*我ならぬ草葉も物は思ひけり袖より外における白露」（後撰集・雑四・*藤原忠国《ただくに》）などの古歌《こか》を参考にすれば、やはり世間一般の人のそれではなく、物思う私の袖、そして草花に置く露、だと理解できるだろう。「袖より露」という図式は、藤原定家に「*夕まぐれ秋の気色《けしき》になるままに袖より露はおきけるものを」（拾遺愚草《しゅういぐそう》）の先行例が見出せる。「*殷富門院大輔百首《いんぷもんいんのだいぶひゃくしゅ》」の歌で、この百首には寂蓮も参加していたから、知っていたはずである。寂蓮の歌では「もの思ふ袖より／露やならひけむ」と句割れになって用いられている。もの思いをする私の涙を見ならって、自然界の草木も露をこぼすのだ、というのである。

新古今時代になると、感傷に過ぎるわが身を嘆きながら、一方で、自らの多感さ鋭敏さを肯定し自らに酔《よ》うような作品がめだって現れてくる。「もののあはれ」を解する情、風流数寄《ふうりゅうすき》の心があるとの優越感が背景にある。涙もろいことは、誇るべき長所であったのだ。

＊我ならぬ……―私だけではなく草葉までもがもの思いに悩んでいるのだなあ。私の袖以外にも白露が置いている。

＊藤原忠国―生没年未詳。平安時代前期の歌人。

＊夕まぐれ……―夕暮れて秋の気配が濃くなるにつれて私の袖から涙の露が置きはじめたのだが、それが草葉にも置いていることだ。

＊殷富門院大輔百首―05参照。

18

暮れて行く春のみなとは知らねども霞におつる宇治《うぢ》の柴舟《しばふね》

【出典】新古今和歌集・春下・一六九

暮れてゆく春が泊《と》まる港はどこにあるのかわからないけれども、霞の中へと落ちていくように宇治川を流れ下っていく柴舟《しばふね》の行き着くあたりが、その場所なのだろうか。

酷暑厳寒《こくしょげんかん》の京都盆地に生きた王朝の人々は、とりわけ春秋を愛し、勅撰集でも上下の二巻をあてるのが常であった。ふたつの美しい季節の終わりには、惜春《せきしゅん》や惜秋《せきしゅう》の歌が詠まれた。「秋のはつる心を竜田川《たつたがは》に思ひやりてよめる」という貫之の「*年ごとに紅葉ばながす竜田川みなとや秋のとまりなるらむ」(古今集・秋下)も、そうした秋を惜しむ一首である。この貫之の作を本歌として、寂蓮は季節を秋から春によみ替え、竜田川の紅葉を宇治川の霞

【詞書】五十首歌たてまつりし時。

【語釈】○春のみなと―春の行き着く場所。春を人間に見立てる。○宇治―山城国の歌枕。宇治川を指す。○柴舟―雑木を積んだ小舟。

*年ごとに…―毎年もみじの

に改めて、ダイナミックな動きのある作品へと仕立てあげた。

四句「霞におつる」は『詠歌一体《えいがいってい》』で使用を制限された独創的な歌句。惜しめども引き留めることは出来ない、月日の流れの速さをも連想させて巧みである。

この句については、①舟や筏《いかだ》を「おとす」「おろす」「くだす」と描写した先行表現があり、それを「おつる」と自動詞に変えたため絵画的表現がうまれた。②漢語「落枕」に発する、谷川の音や月光が「枕におつる」という表現がある。③漢語「落霞」が「暮れてゆく春」と重なり、夕暮れ時の霞であることを感じさせる。以上のような表現史の背景や効果も計算に入れた上で、「霞におつる」が用いられたのではないか、との推定*がある。

宇治川の流れは速い。舟が川面をくだる様子を、落下と捉《とら》え、「おつる」の語で把捉《はそく》したことで、春を代表する景物《けいぶつ》「霞」の中にあたかも春の季節そのものが吸い込まれるように消えていく構図が完成した。寂蓮ならではの巧みな表現と言うべきだろう。この第四句の七文字によって、春の月日が過ぎ去っていく寂寥《せきりよう》感が、スピード感を伴って活写されている。しかも擬人化《ぎじんか》された春の行方《ゆくえ》は、霞に吸い込まれるように、杳《よう》として分からない。

葉を流している竜田川、その河口は秋の行き着く港なのだろうか。

＊推定がある―佐藤恒雄『藤原定家研究』。

19

むら雨《さめ》の露もまだひぬ槙《まき》の葉に霧立ちのぼる秋の夕暮

【出典】新古今和歌集・秋下・四九一

にわか雨の降り置いた露もまだかわかない槙の葉のあたりから、霧が立ちのぼっていく、秋の夕暮の景色。

【詞書】五十首歌たてまつりし時。

【語釈】○むら雨―にわかに強く降る雨。

和歌の第二句と第四句、この七文字がいかに作品世界を豊かに押し広げ、作者にとっては技を披瀝《ひれき》する舞台であったか、例証するような一首である。「露もまだひぬ」は、先行例がわずかだが見出せる。ふつう露は「消える」「こぼれる」もの。一方で、涙を連想させることから、「まだひぬ」は涙のまだ乾かない状態を暗示させる表現として使われてきた。だが、寂蓮は、はじめて自然現象の露を客観的に描写しようと試み、成功をおさめる。その背景には漢詩表現「露未晞」（露イマダ晞《ひ》ズ）が影響したとの指摘*がなされている。

「霧立ちのぼる」は、後に『詠歌一体』で独創的な表現として使用が禁止された句。けれども実は『万葉集』巻十に、わずか一例だが、「霧立上」（キリタチノボル）の先行例が存する。万葉では「霧立渡」「紀利多知和多流」（キリタチワタル）が圧倒的に多く、先の「霧立上」の歌も平安時代の私家《しか》集《しゅう》に再録された本文では、「きりたちわたる」（人丸集*・赤人集*）「きりたちのぼり」（*家持《やかもち》集）となっていた。それだけに、寂蓮の独創と考えられたとしても不思議はない。

　被写体はむら雨のひと滴《しずく》から槙の葉へ、そしてそこから水蒸気となって大空へと立ちのぼる霧へ。顕微鏡のように葉上の露を微細に捉《とら》え、そこから雄大な山の景色へとジャイロ・スコープのように急速に視界を広げながら、一気に導いていく詞《ことば》の連接、つづけ具合が実に鮮やかである。静かに立ちこめるものではなく、霧を「立ちのぼる」動体として捉えたことにより、鑑賞者の視線もミクロからマクロへと、ともに上昇し拡大する仕掛けである。「秋の景気《けいき》」を巧みに活写した秀吟《しゅうぎん》というべきであろう。

＊指摘―佐藤恒雄『藤原定家研究』。

＊人丸集―柿本人麻呂の家集。人麻呂の歌も含まれるが多くは『万葉集』の歌。

＊赤人集―書名は山辺赤人の家集だが、実は大江千里の「句題和歌」と『万葉集』巻十の歌。

＊家持集―書名は大伴家持の家集だが、実は『万葉集』からの抄出。

20

うらみわび待たじ今はの身なれども思ひなれにし夕暮の空

【出典】新古今和歌集・恋四・一三〇二

あの人を恨《うら》むことに疲れてしまった。今はもう待つまいと思っているけれども、身体《からだ》に染《し》みついている悲しい習慣から、あの人が来るかもしれないとつい見上げてしまう夕暮の空よ。

【詞書】新古今集によれば前の歌の「建仁元年三月歌合に、逢不遇恋の心を」がかかる。

【語釈】○わび―「わぶ」の連用形。動詞と結びついて、そうする気力がなくなる、気持ちが失せる意を表し、複合語を作る。○待たじ今

後鳥羽院《ごとばいん》が主催した『*新宮撰歌合《しんぐうせんかあわせ》』での作である。この歌合は、七十二首の秀歌を撰び、十題三十六番につがえた*撰歌合《せんかあわせ》であった。それだけに各歌は質が高く、この中から九首が『新古今集』へと入集《にっしゅう》している。作者の名前は伏せられ、一番ごとに、左方と右方に別れた歌人グループから、それぞれ相手側に向けてはげしい非難やそれに対する反駁《はんばく》が行われたらしい。

寂蓮の歌は三十二番左の歌、合わされた右の歌は*宜秋門院丹後《ぎしゅうもんいんのたんご》の「*忘れ

じのことの葉いかになりぬらむ頼めし暮は秋風ぞふく」であった。歌題は「逢《あ》ひて遇《あ》はざる恋」。恋の歌では、取り上げられることの多い歌題である。逢瀬《おうせ》をとげた後に、何らかの事情で逢えない状態が長く続いている恋の苦しさをよむことが条件。また、女の立場でよむことが半《なか》ば要求されてもいた。この結番では、「左右、互いによろしきよしを申す」と、左方と右方がともに相手方の歌を褒めていた。それをうけて判者の藤原俊成も、「両首ともにもって優《いう》なり、勝負さだめ申すに及ばず」と、甲乙つけがたい秀歌と認め、引き分けとしていた。実は『新古今集』には二首ともに入集し、寂蓮の歌の直後に、丹後の歌が並べて配されていたのだった。

男の訪れを、ひたすら待つ女の歌である。いく晩待っても来ない薄情な男に、「今は待たじ」ではなく「待たじ、今は」と語順を倒置したことで、もう待ってなんかやるもんか、という思いが現れていて効果的である。けれども、そうした強がりとは裏腹に、男を待つという習慣が身体《からだ》に染《し》みついてしまっている女は、つい暮《く》れなずむ空をながめてしまうのだ。そうせずにはいられない女心の切なさ。第二句「待たじ、今は」の語調の強さが、下句《しものく》との対比でさらに生きてくる。女の悲しい性《さが》を鮮やかなまでに際立《きわだ》たせるのである。

はの身―「待たじ／今はの身」と句割れ、句またがりで下へと続いていく。

*新宮撰歌合―建仁元年（一二〇一）三月二十九日に行われた。

*撰歌合―長明23参照。

*宜秋門院丹後―生没年未詳。新古今時代を代表する女房歌人。

*忘れじの……―忘れない、という言葉はどうなったのか。あてにさせた夕暮にはあの人が私に飽きたかのように秋風が吹いてくる。

21

葛城《かづらき》や高間《たかま》の桜咲きにけり立田《たつた》のおくにかかる白雲

【出典】新古今和歌集・春上・八七

葛城《かづらき》山系の高間山《たかまやま》では、桜が咲いたことだ。立田山の奥に白雲がかかっているように見えるよ、桜の花が。

「*三体和歌《さんたいわか》」と称される和歌会での一首である。主催者の後鳥羽院は、春・夏・秋・冬・恋・旅の六首を、*三つの姿に詠みわけて詠進するよう命じていた。作者は院をはじめ良経・慈円・定家・家隆・寂蓮・長明の七名。有*家・雅経は尻込《しりご》みしたのか、病気と称して召《め》しには応じなかったという。この時、長明から事前に何首か作品を示され、意見を求められた寂蓮は「雲さそふ天つ春風薫るなり高間の山の花盛りかも」の提出を勧めた。当日披露《ひろう》さ

【詞書】和歌所にて歌つかうまつりしに、春の歌とてよめる。

【語釈】○葛城―大和国の歌枕。奈良県と大阪府との葛城山系。○高間―高間山。大和国の歌枕。葛城山系の最高峰、金剛山。○立田―

れた寂蓮歌が同じく高間の山を詠じていたので、自作に似ているから詠み替えよとも言わず立派だと、長明は寂蓮の態度を称《たた》えていた（無名抄）。寂蓮の歌は雄大かつ奥行も感じられ、長明歌をはるかに凌《しの》ぐ出来栄《できば》えである。それぞれの歌体を各歌人がどれほど心得ているか見てみたいと所望《しょもう》した後鳥羽院は「あまり案じくだきし程に、たけなどぞいたくは高くはなかりしかども、いざたけある歌よまむとて、立田のおくにかかる白雲、と三体の歌によみたりし、恐ろしかりき」（*後鳥羽院御口伝《ごくでん》）と高く評価していた。歌作の際、あまりに思案をめぐらすので、歌柄《うたがら》などもそれほど大きいと感じたことはなかったけれども、いざ雄大な歌を詠もうとすれば、こうした傑作も自在に詠みこなす、そこが寂蓮のすごいところだ、というのである。

　この歌は、『*俊頼髄脳《としよりずいのう》』が「気高く遠白き歌」（格調高く雄大な歌）の例に引く「*よそにのみ見てややみなむ葛城や高間の山の嶺の白雲」（和漢朗詠集・雲、新古今集・恋一・読人不知《よみびとしらず》）を本歌として詠まれていた。「*桜花咲きにけらしなあしひきの山のかひより見ゆる白雲」（古今集・春上・貫之）も念頭にあったか。本歌を選択する眼力《がんりき》、そして捌《さば》き方は、職人芸の域にある。後鳥羽院が絶賛するのもうなずける。

大和国の歌枕。立田山。

＊三体和歌―建仁二年（一二〇二）三月二十二日催行。

＊三つの姿―「春・夏は太く大きによむべし、秋・冬はからび細くよむべし、恋・旅はことに艶によむべし」（三体和歌）。春歌は「雄大で格調高く」という指示であった。

＊有家―藤原。建保四年（一二一六）没、六十二歳。

＊後鳥羽院御口伝―歌論書。後鳥羽院著。

＊俊頼髄脳―歌学書。源俊頼著。平安時代末期の成立。

＊よそにのみ…―私には縁のない存在として終わってしまうのか。あの葛城の高間山の峰にかかっている白雲のような、あの人とは。

＊桜花…―桜の花が咲いたらしいよ、山の間から白雲が見えている。

22

里はあれぬむなしき床《とこ》のあたりまで身はならはしの秋風ぞ吹く

【出典】新古今和歌集・恋四・一三一二

あの人の訪れのない里は荒れてしまった。ひとり寝の寒々とした床の近くにまで、今ではすっかり慣れてしまった冷たい秋風が吹いてくる。

【詞書】和歌所にて歌合侍りしに、あひてあはぬ恋の心を。

【語釈】○秋風―「飽き」が響く。

建仁二年（一二〇二）五月二十六日、鳥羽城南寺《じょうなんじ》において催された＊影供歌合《えいぐうたあわせ》での一首。寂蓮はほどなく七月に入滅《にゅうめつ》する。この歌は、晴れの歌席で、人生最後に披露《ひろう》された作ということになる。

「＊手枕《たまくら》のすきまの風も寒かりき身はならはしの物にぞありける」（拾遺集・恋四・読人不知）を本歌とする。初句「里はあれぬ」は、完了の助動詞「ぬ」を終止の形で添えた字余《じあま》りが利いている。寂蓮が創始した句か。四か

＊影供歌合―柿本人麻呂の画像を掛けて、行われる歌合。
＊手枕の…―二人で寝ている時は手枕の隙間を吹く風も

月後、歌合《うたあわせ》で後鳥羽院が直ちに受容している。一首はここで切れ、初句切れの歌。第二句・結句は良経の「*吉野山花のふるさと跡たえてむなしき枝に春風ぞふく」（新古今集・春下）から学んだものであろう。「むなしき〜」「〜風ぞふく」と離れて据え、間をつなぐ重要な位置に、本歌から「身はならはしの」をそのまま第四句へともってくる捌《さば》き方は、手なれた技を感じさせる。ひとり寝の床《とこ》に寒々《さむざむ》と身にしみて吹く秋風にも、すっかり馴れてしまった女のため息が、聞こえてくるようである。「里はあれぬ」「むなしき床」「秋風ぞ吹く」と吟味された句は、俊成の自讃歌「*夕されば野べの秋風身にしみてうづら鳴くなり深草《ふかくさ》の里」（千載集・秋上）の前日譚《ぜんじつたん》さえ想起させる。俊成歌の受容は特にこの時期の歌壇では甚《はなは》だしく、「うづらの床」という表現も流行していたから、披講《ひこう》の席上、そう感じた同僚歌人が、あるいはいたかも知れない。

「身はならはしの」は本歌に見られる歌句。当然『*詠歌一体《えいがいってい》』の「*ぬしある詞《ことば》」からはもれており、ひとり寝に慣れた身体のさびしさをテーマとする恋歌において、後の世代の歌人たちにこぞって用いられていく。この句の魅力を再発見した寂蓮の功績は、もっと讃《たた》えられてよい。

寒く感じたのに、今は平気で独り寝をしている。人の身は習慣でどうにでもなるのだ。

*吉野山…—花が降った旧都の吉野には人の来訪もなくなり、花のないむなしい枝にただ春風が吹いている。

*夕されば…—夕方になると野原を吹き渡る秋風が身にしみじみと感じられて、鶉が鳴いているよ、ここ深草の里では。

*詠歌一体—09参照。
*ぬしある詞—09参照。

歌人略伝

鴨長明は生没年未詳。久寿《きゅうじゅ》二年（一一五五）誕生説が有力。父は下鴨神社の正禰宜《しょうねぎ》、長継《ながつぐ》。母は未詳。法名は蓮胤《れんいん》。恵まれた幼少年期を過ごすが、父の急死により零落、挫折を味わう。十代で本格的に作歌をはじめ、その後、俊恵《しゅんえ》に入門する。また琵琶の名手でもあった。正治《しょうじ》二年（一二〇〇）「正治《しょうじ》後度百首《ごどひゃくしゅ》」を詠進、後鳥羽院《ごとばいん》歌壇のメンバーとなる。翌年、和歌《わか》所《どころ》の寄人《よりうど》。建仁《けんにん》二年（一二〇二）には定家《ていか》・家隆《いえたか》・寂蓮ら六名と「三体和歌《さんたいわか》」に参加、詠進した。河合社《かわいしゃ》禰宜職を望むがかなわず出奔《しゅっぽん》、出家し大原にこもる。建暦《けんりゃく》元年（一二一一）、鎌倉へ下向《げこう》し実朝と面談、翌二年『方丈記《ほうじょうき》』を著す。他に『無名抄《むみょうしょう》』『発心集《ほっしんしゅう》』がある。建保四年（一二一六）没、六十二歳か。『千載集《せんざいしゅう》』以下に二十五首入集。

寂蓮は生没年未詳。推定では保延《ほうえん》五年（一一三九）の誕生か。父は阿闍梨《あじゃり》俊海《しゅんかい》、母は未詳。俊成の甥で、その養子となる。俗名は藤原定長《さだなが》、従五位上中務少輔《なかつかさしょう》に至る。在俗時から歌人として頭角を現し、出家後はさらに精進を積み、九条家歌壇、つづく後鳥羽院歌壇で中心的な存在となり、定家・家隆らと新古今時代を牽引《けんいん》した。俊恵の歌林苑《かりんえん》にも出入りし、各地を旅行、西行とも交流があり、また御室《おむろ》の仁和寺《にんなじ》歌壇や政治的には九条家と対抗した土御門《つちみかど》通親《みちちか》とも近かった。和歌所寄人、『新古今集』撰者の一人となるが、撰集《せんじゅう》作業の途中で建仁二年（一二〇二）に入寂《にゅうじゃく》。六十四歳か。惜しまれる死であった。『千載集』以下に百十七首が入集する。

略年譜

年号	西暦	年齢	長明の事跡	年齢	寂蓮の事跡	歴史事跡
保延五年	一一三九			1	誕生か	
久寿二年	一一五五	1	誕生か			後白河天皇即位
保元二年	一一五七			19	従五位下中務少輔	
応保元年	一一六一	7	従五位下			
仁安二年	一一六七			29	平経盛朝臣家歌合	
承元二年	一一七二			34	この頃出家か	
安元元年	一一七五	21	高松院北面菊合			
治承二年	一一七八			40	別雷社歌合	
四年	一一八〇	26	福原へ			福原遷都
養和元年	一一八一	27	鴨長明集成立か			平清盛没
寿永元年	一一八二	28	月詣集に4首入集	44	寂蓮集成立か 月詣集に9首入集	月詣集成立
文治三年	一一八七			49	殷富門院大輔百首	
四年	一一八八	34	千載集に1首入集	50	千載集に7首入集	千載集成立

建久元年	一一九〇	36	伊勢熊野へ旅か	52	出雲大社へ参詣 花月百首	西行没
二年	一一九一			53	東国へ　十題百首	玄玉集成立
五年	一一九四			56	六百番歌合	
九年	一一九八			60	御室五十首	
正治二年	一二〇〇	46	正治後度百首	62	正治初度百首	後鳥羽院歌壇始動
建仁元年	一二〇一	47	和歌所寄人	63	老若五十首歌合 新宮撰歌合 和歌所寄人 新古今集撰者下命	和歌所開設
二年	一二〇二	48	三体和歌	64	三体和歌 影供歌合　没	
元久元年	一二〇四	50	河合社禰宜事件 出奔後、出家			源頼家暗殺 藤原俊成没
二年	一二〇五	51	元久詩歌合 新古今集に10首入集		新古今集に35首入集	新古今集成立
建暦元年	一二一一	57	鎌倉へ　実朝と面談			
二年	一二一二	58	方丈記成立			法然没
建保四年	一二一六	62	没			

解説　「激動・争乱の時代の芸術至上主義」――小林一彦

鴨長明と寂蓮―彼らが生きた時代

鴨長明と寂蓮、ともに正確な生年はわかっていない。ただし、寂蓮は保延《ほうえん》五年（一一三九）の、長明は久寿《きゆうじゆ》二年（一一五五）の生まれとする説が有力である。これによれば、両者の長幼《ちようよう》は寂蓮が十六歳ほど、長明より年上であったことになる。

二人が生きた時代は、新興階級の武士が台頭し、相対的に貴族や社寺が没落してゆく、「乱逆《らんぎやく》」の時代であった。保元《ほうげん》元年（一一五六）七月に保元の乱が起こると、日本はほぼ全国におよぶ内乱の時代へと突入していった。平治《へいじ》の乱を経た後の、清盛《きよもり》を長とする平家一門の栄《えい》耀栄華《ようえいが》や、旭《あさひ》将軍とよばれ一瞬の輝きを放った木曽義仲《きそよしなか》の狼藉ぶり、それに続く源　義経《みなもとのよしつね》の入京と木曽勢の敗北。さらに壇ノ浦で平氏を滅亡へと追いやった義経も、奥州の覇者藤原氏とともに平泉の露と消えた。最後の勝利者となった源頼朝《よりとも》が上洛《じようらく》するのは建久《けんきゆう》元年（一一九〇）のことである。頼朝は後白河法皇《ごしらかわほうおう》に、ついで後鳥羽天皇《ごとばてんのう》に拝謁《はいえつ》すると、あわただしく鎌倉へと帰っていった。後に絢爛《けんらん》たる『新古今和歌集』を世に送り出す天皇はこの年十一歳。寂蓮は五十二歳、長明は三十六歳になっていた。ちなみに藤原定家《ふじわらのていか》は二十九歳、藤原家隆《いえたか》は三十三歳、隆信《たかのぶ》は四十九歳、源通親《みちちか》は四十二歳、慈円《じえん》と藤原有家《ありいえ》は長明と同じ三十六歳、九条良経《くじようりようけい》は二十二歳、飛鳥井雅経《あすかいまさつね》は二十一歳であった。時を経て『新古今和歌集』編纂《へんさん》のため、和歌所《わかどころ》に参集する主《おも》だった歌人たちは、いずれもこの内乱をくぐり抜けた人々である。戦乱以外にも、この時代は暴風・大地震などの天変地異や、大火や都遷《みやこうつ》りといった人災、さらに飢饉《ききん》も重なり、「ありとしある人は、みな浮き雲の思ひをなせり」（方丈記《ほうじようき》）といった有り様であった。

『新古今和歌集』を、作家の堀田善衞《ほったよしえ》は「世界文学史上まったく稀《まれ》な、現実棄却《ききやく》の文学」と言った。現実は目を覆うばかりの惨状である。しかし、そのような暗澹《あんたん》たる時代だからこそ、社会不安をあえて黙殺した上で、彼らは四季折々の自然のうつろいや、せつなく激しい恋の熱情を、あるいは人生の苦悩や悲しみを、ことばを磨きつくして、美しくうたわずにはいられなかったのである。芥川龍之介《あくたがわりゆうのすけ》に「人生は一行のボオドレエルにも若《し》かない」（或阿呆《あるあほう》の一生）という名言がある。人の一生よりもボードレールの詩の一行に、より高い価値を認めようとするのは、いかにも芸術至上主義者の芥川らしい。鴨長明も、そして寂蓮の場合はより鮮明に、こうした志向を強くもっていた。長明の著作としては『方丈記』が名高いが、彼は他に仏教説話集『発心集《ほつしんしゆう》』、和歌随筆とでもいうべきユニークな作品『無名抄《むみようしよう》』を残している。後者には、命と引き替えても秀歌をよませて欲しいと神に祈り、のぞみ通り評判となる名歌を得て夭折《ようせつ》した歌人の話や、国守として陸奥《みちのく》に赴き職務をまっとうした後、花鳥風月を愛する人々の関心が高かった宮城野《みやぎの》の萩を長櫃《ながびつ》に入れ、大量に持ち帰った受領《ずりよう》の話などが載せられている。こうした歌の道に執着した人々の行動を、長明は好ましいものと感じていた。『無名抄』には、さらに長明や寂蓮と同時代の女房歌人、宮内卿《くないきょう》が夜も昼も苦《く》吟《ぎん》し歌ばかり思案するので、病を得てあやうく死にかけた話や、さらにその兄である源具親《ともちか》が歌会を控えていても、まったく歌に心を入れようとしないのを、寂蓮がひどく非難した話なども収められている。別な文献によれば、寂蓮は「口たがひ小便色変はりてこそ、秀歌は出でくれ」と発言していたという。食べ物の味が変わり血尿《けつにょう》が出るほど、つまり体に変調をきたすほど打ち込んで、はじめて秀歌を得ることができる、というのだ。寂蓮がどれほど和歌に心血《しんけつ》を注いでいたか、物語るエピソードである。

寂蓮の生涯

寂蓮は俗名《ぞくみょう》を藤原定長《さだなが》といった。父は醍醐寺《だいごじ》の僧、阿闍梨俊海《あじゃりしゅんかい》、母は未詳である。叔父にあたる藤原俊成《しゅんぜい》の養子となった。寂蓮の子息としては、保季《やすすえ》を筆頭に幸尊《こうそん》、公猷《こうゆう》、昌観《しょうかん》と四人の子がいたようだ。保季は評判の美男子で、それを鼻にかけていたところがあり、白昼武士の人妻を犯しその夫から斬殺されるというスキャンダルを起こしていた。寂蓮は賀茂や石清水《いわしみず》の臨時祭《りんじのまつり》の舞人《まいびと》にたびたび選ばれているから、あるいは容姿端麗《ようしたんれい》であったかもしれない。

寂蓮の歌人としての力量は早くから知られていたらしく、三十代の前半、承安《しょうあん》二年（一一七二）頃の成立とされる『歌仙落書《かせんらくしょ》』には四首の和歌が載り、当時の代表的な歌人二十名の一人に数えられている。定長が出家し、寂蓮となったのはこの頃かとされる。一説には、歌の家である御子左家《みこひだりけ》に、俊成の実子である天才児の定家が生まれたため、遠慮して出家したという話も伝わっている。

長明の『無名抄』には、寂蓮についての記載がいくつも見出せる。それによれば、寂蓮は在俗の頃、将来を嘱望される若手歌人として隆信と並び称され、「隆信定長一双《いっそう》」と評判をとっていたらしい。隆信は神護寺《じんごじ》蔵の源頼朝像・平重盛《しげもり》像の作者と伝えられ、画家としても似絵《にせえ》の創始者とされるすぐれた芸術的センスを持っていた。ところが定長が出家して寂蓮となった後は、時間にめぐまれ一首一首を磨きあげてよむことができたのに対し、隆信は公務のために時間が思うように取れず、力量に差が生じていった。それから「寂蓮左右《そう》なし」、並ぶ者のない上手《じょうず》と称されるようになったという。

寂蓮は旅の歌人でもあった。難波《なにわ》に塩湯浴《しおゆあ》みに行き、摂津へと布引《ぬのびき》の滝を見物に出かけ、奈良に柿本人麻呂《かきのもとのひとまろ》の墓をたずね、在原業平《ありわらのなりひら》の旧跡を訪れている。磯上寺《いそのかみでら》・三輪《みわ》の大神神社《おおみわじんじゃ》や住吉大社《すみよしたいしゃ》にも詣でていた。

寿永《じゅえい》元年（一一八二）の夏頃には『寂蓮法師集』を自撰している。文治《ぶんじ》に入ると、二年（一一八六）に西行勧進《さいぎょうかんじん》のいわゆる「二見浦百首《ふたみがうらひゃくしゅ》」を、翌三年には殷富門院大輔《いんぷもんいんのだいぶ》勧進の百首を、定家・家隆ら次代を担う歌人たちと詠じたほか、自らも「寂蓮無題《むだい》百首」や慈円とともに「寂蓮結題《むすびだい》百首」をよみ、キャリアを積み重ねていった。正確な年時は不明だが、おそらくこの前後であろう、西行ら諸人に百首の勧進を行ってもいる。西行ははじめ拒否したらしいが、霊夢を感得して一転、詠出し寂蓮のもとへと贈っていた。文治四年には俊成の手で『千載《せんざい》和歌集』が編まれ、七首が入集する。高野山《こうやさん》に参詣したのは、この頃であろうか。翌五年には西行が入寂《にゅうじゃく》、慈円と歌を贈りあい、その死を悼《いた》んだ。

建久《けんきゅう》元年（一一九〇）、寂蓮は出雲大社へと参詣、翌年には東国へと下向している。これ以前、四国に崇徳院《すとくいん》の遺跡をたずねてもいた。

年号が正治《しょうじ》と改まり、いよいよ後鳥羽院歌壇が始動しはじめるまでの十年間は、ほぼ寂蓮の五十代に相当し、充実した時期であった。九条家歌壇の有力歌人として、良経の主催する「花月《かげつ》百首」「十題《じゅうだい》百首」そして『六百番歌合』などに出詠している。当時から寂蓮は狂歌《きょうか》の名手としても知られていたが、「十題百首」では、これまでうたわれることのなかった珍奇な素材を積極的に取りあげたり、今様《いまよう》風の作品を試みるなど、意欲的な実験を試みていた。このほか仁和寺《にんなじ》歌壇にも出入りし、「守覚法親王家《しゅかくほうしんのうけ》五十首」の詠進を俊成・定家らへと伝達、自らもよむなど、僧侶歌人という自由な立場で、それぞれの和歌グループと自在に交わり、実力者として和歌活動を円滑にリードする役割も担っていた。彼がいちはやく後鳥羽院の目にとまった一人であったのもうなづける。その時、寂蓮は六十歳をこえ、老練熟達《ろうれんじゅくたつ》の域に達していた。

鴨長明の半生

鴨長明は賀茂御祖《かもみおや》神社（下鴨神社）の正禰宜《しょうねぎ》、鴨長継《かものながつぐ》の次男として誕生した。父は下鴨神社全体を統括する責任者の地位にあった。当時は摂関家や有力寺社に荘園《しょうえん》が寄進されることが多く、下鴨神社も二十三か国に七十あまりの荘園を有する全国でも屈指《くっし》の大地主であった。長明は六歳で叙爵《じょしゃく》、何不自由のない、乳母日傘《おんばひがさ》の幼少年期を送っていたはずである。けれども、十八歳の頃、父の急逝《きゅうせい》という不幸にみまわれる。正禰宜の地位は、同族の他家へと移っていった。順風満帆《まんぱん》な暮らしの中で思い描いてきた明るい未来は、一瞬にして失われ、それまでとはうって変わった挫折を味わうことになる。長明はやがて下鴨神社内の神職の交わりとも距離を置くようになり、世間からひきこもり、次第に文学と音楽の世界へのめり込んでいった。この頃の彼の作品には、零落《れいらく》した身を嘆く自暴自棄《じぼうじき》とも取れる歌、さらに自殺をほのめかす歌も見られる。神職としての栄達はかなわなかったが、若き日の挫折と苦悩は後年、歌人として、また琵琶奏者として、長明の才能を花開《はなひら》かせることになった。人の世の無常をつづった『方丈記』も、こうした青少年期の体験が深く影響していたことはうたがいない。

　養和《ようわ》元年（一一八一）、長明は二十七歳になっていた。個人の歌集を家集（ないしは私家集）と呼ぶが、彼もこの頃『鴨長明集』をまとめている。ところで、上賀茂《かみがも》神社の神職、賀茂重《かものしげ》保《やす》は自らの手で私撰集を編むべく、周囲の歌人に資料となる和歌の提出を依頼しており、いわゆる寿永百首家集とよばれる私家集が続々と誕生していた。『鴨長明集』も、『寂蓮法師集』も、その中の一つであると考えられている。重保の撰集は、この年の冬に『月詣和歌《つきもうでわか》集《しゅう》』として完成した。長明は四首、寂蓮は九首が入集している。

『無名抄《むみょうしょう》』には、長明が和歌の師と仰ぎ、その門を叩《たた》いた俊恵《しゅんえ》の言談が多く収められている。俊恵は京都の白河《しらかわ》に住み、自坊を歌林苑《かりんえん》と名づけて開放、そこには老若男女貴賤《ろうにゃくなんにょきせん》を問わず風雅《ふうが》の道に命をかける数寄人《すきびと》たちが多く集《つど》った。そのメンバーは会衆《えしゅう》とよばれ、寂蓮もその一人である。遅れて加わった長明は、もっとも若い会衆であった。この歌林苑を媒介に寂蓮と長明は知り合った可能性が高い。

　長明も各地を旅している。寂蓮が奈良を訪れ、業平の旧跡（中将《ちゅうじょう》の垣内《かきうち》）や人麻呂（中世では「人丸」と書記される）の墓など、先人の遺跡を見て回っていたことはすでに述べたが、寂蓮は宇治に喜撰《きせん》法師の跡を訪ねた歌も残している。長明の『無名抄』には、「業平家」「中将垣内」「人丸墓」「喜撰が跡」などの章段が並び、両者の関心が、きわめて近いものであったことが確かめられる。こうした歌道の先達《せんだつ》に敬意を払い、その遺跡を実地踏査することで和歌の伝統を肌に感じとろうとする態度は、歌林苑の歌人たちに共通して見られる傾向であった。

長明は不遇時代に、先輩歌人から多くのことを学んでいたが、とりわけ師の俊恵からは秀歌をよむ方法を細かに教えられ、また歌よみとしての姿勢まで示されるなど、『無名抄』に「いみじき恩を蒙《かうぶ》れるなり」と自記するくらい、多大な恩恵を受けていた。あなたは将来必ず頭角《とうかく》を現すから、あちこちのつまらない歌席《かせき》に呼ばれるままに出かけて小さな高名《こうみょう》をあげるような振る舞いは慎むべきだ、詠歌の機会を選びなさい、晴れて殿上人《てんじょうびと》や公卿《くぎょう》としかるべき歌会の末席に連なるチャンスがきっとくるはずだ、そのように諭《さと》されることもあったという。

長い雌伏《しふく》の時期を経て、師の予言は現実のものとなる。後鳥羽院歌壇へと召し出されたのだ。長明は四十六歳になっていた。俊恵はその十年ほど前、建久初年頃には没したと考えられ、歌林苑の活動はそれよりだいぶ前に終焉《しゅうえん》を迎えていた。

新古今時代とそれ以後

正治二年(一二〇〇)、後鳥羽院は『正治初度《しょど》百首』『正治後度《ごど》百首』の二度の百首を相次いで主催した。寂蓮は前者に、長明は後者へと詠進をそれぞれ命じられ、院の歌壇の主要メンバーとなった。翌年、勅撰集――後の『新古今和歌集』を撰《えら》ぶために和歌所《わかどころ》が設置され、寂蓮も長明もその寄人《よりうど》として作業に従事することになる。長明は「身を要なき者」、社会に不必要で何の役にも立たない者と自認していたから、生き甲斐《がい》を得たうれしさに、和歌所から退出することもなく、昼夜を分かたぬ精勤ぶりであった（源家長日記《みなもとのいえながにっき》）。後鳥羽院は寂蓮をすぐれた名人、「真実の堪能《たんのう》」（後鳥羽院御口伝）と見ていた。力量ある歌よみとして評価し、これに定家・家隆を加えた三名を、撰集の中心となるべき主要な歌人と認識していたらしい。はたしてほどなく院宣《いんぜん》がもたらされ、寂蓮は定家・家隆らとともに撰者の一人となった。

建仁《けんにん》二年（一二〇二）、歌の姿《すがた》を区別してよめるかどうか、歌人たちの技量を試すため、「三体《さんたい》和歌《わか》」が計画された。事の重大さに尻込《しりご》みして辞退する歌人もいたという。良経・慈円・定家・家隆・寂蓮・長明が召《め》しに応じた。「まさしくその座に参りて連《つら》なれる人」（無名抄）と長明は誇らしげに回想している。長明は寂蓮に提出前の草稿を見てもらっていた。おそらく院の歌壇で心をゆるせる唯一の歌人が寂蓮であったのだろう。複数の歌稿《かこう》から寂蓮の勧めるままに提出した一首が、寂蓮の歌と同じ名所・素材を詠じたものであった事実を、長明は披講の席ではじめて知った。自作に似ているからよみ替えよ、と言わなかった寂蓮の振る舞いに、長明はひどく感じ入る。それから三か月あまりが過ぎた七月、寂蓮は突然、不帰《ふき》の人となった。幼少期から親しかった定家は、「道のためには恨《うら》むべし、身においては悲しむべし」（明月記〈原漢文〉）、と悲嘆《ひたん》した。『新古今和歌集』の撰者となりながら、意志半ばでの死であった。信頼できる先達の寂蓮を喪《うしな》い、その後の長明は和歌所において次第に孤立感を深めていったのではないか。

元久元年（一二〇四）、下鴨神社摂社の河合《かわい》神社に、禰宜《ねぎ》の欠員が生じた。もれ聞こえてくる院の意向は、長明に有利なものであり、人々も今回は長明が就任するだろう、と予想していた。けれども、この人事は破れ、実現しなかった。失意の長明は和歌所を出奔《しゅっぽん》し、大原へと隠棲《いんせい》する。翌年には『新古今和歌集』が成立した。寂蓮は三十五首、長明は十首の入集であった。その後、長明は大原から日野に移り、建暦元年（一二一一）十月には鎌倉に下向、源実《さね》朝《とも》と面談している。実朝は和歌の師を探しており、雅経が長明のことを推挙《すいきょ》してくれたらしい。しかし、首尾《しゅび》よくいかなかったのか、ほどなく都へと帰還している。日野《ひの》の庵《いおり》にて『方丈記』を執筆したのは、翌年三月のことであった。

長明は和歌のほか、琵琶にも堪能であった。そのことである事件を起こしてしまう。師から伝授《でんじゅ》を受けていない秘曲《ひきょく》は、演奏することができないという禁を破ったのだ。いつのことか正確な年時はわからないが、『文机談《ぶんきだん》』が「秘曲尽《ひきょくづ》くし」として伝えるこの出来事は、長明の企画発案による。箏・笛などそれぞれの楽器について、当代最高の演奏家たちを選りすぐって誘いあわせ、賀茂の奥でひっそりと、しかし思う存分に、秘曲をすべて残すところなく演奏しつくすという、贅沢な音楽イベントであった。一流の演奏家が集い、次々に奏《かな》でられる楽の音は、長年想像してきた以上の妙《たえ》なるすばらしさであり、別世界に生まれ、未知の国に来たかと思うほどであったという。感に堪《た》えかねた長明は興に乗って、自ら琵琶を手に取り秘曲中の秘曲として神聖視されてきた「啄木《たくぼく》」を弾いてしまうのである。この所業《しょぎょう》が、どこかから漏れて世間に聞こえ、糾弾《きゅうだん》されることになる。長明には、破滅型の芸術家としての一面があった。

『方丈記』には、「ただ糸竹《しちく》花月を友とせんにはしかじ」と記されている。「糸竹」とは弦楽器と管楽器、「花月」とは花鳥風月のことである。音楽と和歌とを終生の友とした長明は、建保《けんぽう》四年（一二一六）に世を去った。享年《きようねん》は六十二歳と推定されている。

野外派の歌人――垂直方向への視線

『新古今集』は良経《りようけい》の歌で開巻する。彼は摂政《せつしよう》太政大臣として臣下の最高位にあった。実質的な撰者の後鳥羽院は、自らの作を巻頭第二首目に置いた。『古今集』の貫之と同じ位置である。続いて女流第一位の入集《につしゆう》である式子《しよくし》内親王、さらに女房歌人の宮内卿《くないきよう》を配した後、院は三名の先達《せんだつ》の作品を三首連続して並べていた。すなわち藤原俊成・西行・俊恵《しゆんえ》である。その後は読人不知詠が二首続くから、おそらくここまでで一区切りと考えていたのだろう。

後鳥羽院はさまざまな立場の歌人を網羅的に集め、統合して歌壇を形成した。前代から和歌界をリードしていた三人の特質とそれぞれの距離を測りながら、その三巨匠を底辺とする三角形を定め、それを基底面としてさらに自らはその頂点に立つ三角錐を構想していた。新古今時代の歌人は、おそらくほとんどすべてが、院の想い描いたこの空間の中に収まるであろう。だからしばしばはみ出すかと映った定家《ていか》など、院の瞳《ひとみ》には目障《ざわ》りと感じられたのである。寂蓮はこの空間を最も自在に動き回った歌人であった。俊成の養子となり薫陶《くんとう》を受け、さらに出家して和歌に打ち込むようになってからは、俊恵の主宰する歌林苑にも参加し、また西行にも近かった。良経や慈円ら九条家の人々と親しく交わり、仁和寺歌壇にも出入りしている。通親《みちちか》から信頼されてもいた。この時代の歌界の遊撃手《ゆうげきしゆ》とでもいうべき存在が、寂蓮であったといってよいだろう。

一方、長明はどうか。寂蓮も長明も、もとより歌林苑からの影響は小さくない。あえて特異な歌題を設定し、互いの力量を競い合う数寄人《すきびと》達が集まっていた場が、結題《むすびだい》の名手とされた寂蓮や、結題に鋭敏で『無名抄』の冒頭部から題詠論を展開する長明を育てたと考えられる。けれども、歌林苑に参加する際に、すでにひとかどの歌よみであった寂蓮に対し、長明は文字通り歌林苑に育まれ、成長していった歌人であった。後鳥羽院歌壇に参加してから、当初はその詠風《えいふう》の違いに驚いた長明も、「よく心得つればよみやすし」と新古今歌風をみるみるうちに体得してゆくが、それでも晩年に歌人としての自らの歩みを振り返った時、彼の手でもっぱら綴られるのは歌林苑の世界であった。方丈の庵に安んじて隠棲《いんせい》しながら、歌林苑を懐かしく回想するのは、居場所を見つけあぐねていた青春時代に、歌林苑が精神的な安住の地であったことと深く関わるであろう。

『鴨長明集』は他人詠を含めても一〇五首の小家集だが、そこには累々と深い悲しみの歌が並んでいる。本書で取り上げることはできなかったが、雉や虫に託《たく》して、自身の気持ちを吐露《とろ》した作品も見出せる。

憂きながら杉野の雉《きぎす》声たててさ踊るばかり物をこそ思へ

霜うづむ枯れ野に弱る虫の音のこはいつまでか世に聞こゆべき

寂蓮にも厭世的《えんせいてき》な歌は少なくない。本文でも指摘したが、『鴨長明集』には寂蓮からの影響かと思われる歌が存する。

世はすてつ身はなき物になしはてつ何をうらむる誰がなげきぞも（長明）

数ならぬ身はなきものになしはてつ誰がためにかはよをもうらみむ（寂蓮）

住みわびぬいざさは越えむ死出の山さてだに親の跡をふむべく（長明）

住みわびぬいざさは我もかくれなむ世は憂《う》き物ぞ山の端の月（寂蓮）

両者に共通するのは、世を厭《いと》い憂《う》き身を嘆く点ばかりではない。旅の歌人であったところも似ているのである。草庵《そうあん》と行脚《あんぎゃ》に生きた先人に西行がいるが、彼には、

ほととぎす深き峰より出でにけり外山《と》のすそに声の落ちくる（新古今集・夏）

の秀吟《しゅうぎん》があった。空高くから響くホトトギスの声が、地上にいる西行の耳には一気に落下してくるように聞こえたのである。こうした印象的な捉え方は、天と地と上下にどこまでも開けた広大な世界に身体が馴れた、アウトドア派の歌人でなければ詠めない。寝殿造《しんでんづくり》の庇《ひさし》と廊下の隙間に視野を遮《さえぎ》られた書斎《しょさい》派、インドア派の人々には思いも寄らないことであったろう。寂蓮も各地を旅しており、こうした垂直方向への視線に独特の歌を残している。特に印象深いのは、彼の場合、上方へと伸びる目線、上昇する動きへの関心である。

さびしさはその色としもなかりけり槙立つ山の秋の夕暮

霜がれの野飼ひの牛のけしきまで立つはもの憂き冬の山里

真柴分けはやむる駒におどろきて木高くうつる蟬のもろ声

和らぐる光や空に満ちぬらむ雲にわけいる千木の片そぎ

むら雨の露もまだひぬ槙の葉に霧立ちのぼる秋の夕暮

風ふけば峰にわかるる山桜色のみならぬ雲かとぞ見る

静かに横方向へとたちこめる霧ではなく、動体としての霧を活写した「霧立ちのぼる」、馬の蹄音に驚きいっせいに上方の枝へと飛び移る蟬たちの機敏《きびん》な動きを把捉した「木高くう

つる蟬のもろ声」、高層建築の出雲大社の千木が遙かに雲へと分け入り、そこから神威の光が天空に充ち満ちていくと見た「和らぐる光や…」の描写などは、斬新《ざんしん》である。
長明も諸処に出向いた、アウトドア志向の歌人である。彼も垂直方向への関心が高いが、特徴的なのは下方へのうつむく目線である。
石川や瀬見の小川の清ければ月も流れをたづねてぞすむ
有名なこの歌は、賀茂社歌合の作で歌題は「月」であった。美しい天空の月さえ、川面に映して眺めようとするのだ。このほかにも、
行く水に雲ゐの雁のかげみれば数かきとむる心地こそすれ
吉野山あさ瀬しら浪岩こえて音せぬ水は桜なりけり
蚊遣火の消えゆく見るぞあはれなるわが下燃えよはてはいかにぞ
石井筒むすぶしづくのさざ波に映るともなき夕月夜かな
月影の雲がくれ行く秋の夜は消えてつもりぬ庭の白雪
冬来れば星かと見ゆる花もなしみなむらさきの雲がくれつつ
する墨をもどき顔にも洗ふかな書くかひなしと涙もや知る
彼の目線は、下を向いていることが多い。しかも消えゆくもの、はかないものに注がれている例がめだつ。
ゆく河の流れは絶えずして、しかももとの水にあらず。よどみにうかぶうたかたはかつ消えかつ結びて、久しくとどまりたるためしなし。世の中にある人と栖《すみか》と又かくのごとし。
思えば『方丈記』の書き出しも、川面《かわも》を見下ろして、消えゆく水泡《うたかた》を捉えた光景であった。

読書案内

鴨長明・寂蓮ともに関連する書籍・論文は膨大である。和歌の注釈を試みた学術論文もあるが、掲出は単行本にとどめた。また『方丈記』など和歌以外の作品は大部分を省略した。

鴨長明・寂蓮

『新古今和歌集全注釈』（角川学芸出版）　久保田淳　二〇一一〜一二

長明十首、寂蓮三十五首の入集歌が詳細に注釈される。鑑賞は文学的で味わい深い。

鴨長明

『方丈記』（日本古典全書／朝日新聞社）　細野哲雄　一九七〇

方丈記の注釈だが、頭注形式で「鴨長明集」「正治後度百首」にも施注されている。

『方丈記私記』（ちくま学芸文庫）　堀田善衞　一九八八

単行本（一九七一）を文庫化。堀田自ら生涯の傑作と称し、鋭い感性で長明に迫る。

『鴨長明』（講談社学術文庫）　三木紀人　一九九五

新典社版（一九八四）を文庫化。高度な内容が平易な文章でまとめられている。

『鴨長明全集』（貴重本刊行会）　大曾根章介・久保田淳　二〇〇〇

全歌集にあたる「鴨長明和歌集成」ほか、長明のすべての著作を網羅集成した全集。

『文机談全注釈』（笠間書院）　岩佐美代子　二〇〇七

琵琶の名手であった長明の「秘曲尽《ひきょくづ》くし事件」の全貌を現代語訳とともに収める。

『方丈記』（ちくま学芸文庫）　浅見和彦　二〇一一

最新の方丈記注釈書。わかりやすく、文庫とは思えないほど参考資料も充実している。

『超訳方丈記を読む』（新人物往来社）　小林保治　二〇一二

方丈記の超訳のほか長明諸作品を読み解く。和歌の摘訳（兼築信行担当）もある。

寂蓮

『顕昭・寂蓮』（三省堂）　久曾神昇　一九四二

寂蓮を扱ったはじめての評伝。論争相手の顕昭との相違を比較する上でも有益な一冊。

『新古今歌人の研究』（東京大学出版会）　久保田淳　一九七三

西行・俊成ら六名の歌人を主に扱う専門書だが、寂蓮の記述も多く示唆に富む。

『寂蓮法師全歌集とその研究』（笠間書院）　半田公平　一九七五

寂蓮の全作歌活動の資料を集成する。「寂蓮全集」とでもいうべき労作。

『寂蓮の研究』（勉誠社）　半田公平　一九九六

作品を資料の成立順に分析、古典摂取や後代への影響などにも言及する。

『寂蓮―人と文学』（勉誠出版）　半田公平　二〇〇三

日本の作家一〇〇人シリーズの一冊。著者積年の寂蓮研究の成果が生かされている。

『藤原俊成　判詞と歌語の研究』（笠間書院）　安井重雄　二〇〇六

表題の通り、主として俊成の研究書だが、寂蓮の歌風について言及した章がある。

【付録エッセイ】

あはれ無益の事かな（抄）

『方丈記私記』（筑摩書房　一九七一年）

堀田善衛

彼は言っている。

「身にとりては、中比の人々、あまたさしあつまりて侍りし会につらなりて、人の歌ども聞きしに、我がおもひいたらぬ風情はいとすくなかりき、わがつゞけたりつるよりは、是はよかりけりなどおもほゆる事こそ有しかど、聊かも心のめぐらぬ事は有りがたくなん侍りし。しかあるを、御所の御会につかふまつりしには、ふつと思ひもよらぬ事をのみ、人ごとによまれしかば、このみちは、はやそこもなく、きはもなきことになりにけりと、おそろしくこそおぼえ侍りしか。……私としては、一世代前の方々の沢山あつまっている会に行って、その方々の歌を聞いたときも、意想外といったことはまず稀で、私のつづったものより、こっちの方がよいな、と思うことこそあったにしても、それでも感動した、なんということはほとんどありませんでした。ところがどうして、御所での歌会に出仕するようになってからは、どの方もどの方も、人ごとにあッと驚くようなことばかりをよまれるので、この道はもう底もなく限りもないことになったものだと、これは大変という気がして来たもので

堀《ほっ》田《た》善衛《よしえ》（小説家）［一九一八―一九九八］「広場の孤独」「ゴヤ」「堀田善衛全集全16巻」。

した。」

これが彼の述懐なのだが、それまでなじんでいた隠者風な俊恵法師の流儀から、宮廷風、幽玄体へ転廻して行くについての彼の心理の動きもまた語られていると思われる。

彼は単純な人ではない。千載集にただ一首ひろってもらえた、そうして「一首にてもいれるは、いみじき面目なり」という喜びを述べている「隔海路恋」という歌のことを、別のところでは「但し歌は忘れたり」などとぬけぬけと言っているのである。単純な人ではない。

そうして、中比（古）の、一世代以前のそれではなくて、「近代詞躰」、すなわち現代風な、つまりは定家流の幽玄体に近づいて行くについての弁明をも彼はしるしている。質問者が「今の世の躰をばあたらしくいできたるやうに思へるは、ひが事にて侍るか。」と問うた、という形で。

「このなんはいはれぬ事也。たとひあたらしくいできたりとても、かならずしも、わろかるべからず。もろこしには、限ある文躰だにも、世々にあらたまるなり。この国は小国にて、人の心ばせのおろかなるによりて、諸の事を、昔にたがへじとするにてこそ侍れ。まして歌は心ざしをのべ、みゝをよろこばしむるためなれば、時の人の翫び好まんに過ぎたる事やは侍るべき。……そうも言えますまい。またたとい新しく出て来たものだとて、別にわるくはないよ。大体が、外国ではきまりのある文体でも、時代によって変って行くことになってるものなんだ。ところがこの国は小国で、人々の気までが小さくおろかで、なんでも先例先例でどうしようもないんだな。まして歌はそれぞれの人の心持をのべて耳を喜ばせようというう、そういうものなんだから、時の人の好みのなりゆきにまかせていいんじゃないかね。」

ここに私は、単なる弁明ということよりも、もう少し別のものを感じる。というのは、ここで問題になっているのは、歌の変遷のこともさることながら、そういう変遷そのものを乗せている、時代というものを見詰めている、一つの別の眼を私は感じるのである。その眼は、かなりに冷たいものである。

しかも、「中古」、「近代」と遷って来ている歌そのものについてさえ、「中古の躰は、学びやすくして、しかも秀歌はかたかるべし。……今の躰は習ひがたくして、よく心得つれば、詠みやすし。」と言い切っているのである。幽玄体は習うのはむずかしいんですが、一通りの心得さえあれば、実は詠みやすいんですよ、などと言ったら、定家や寂蓮などは顔を真赤にして怒ったであろう。職業上の秘密を、こうもぬけぬけと言い抜かれたのではたまったものではない。今の躰の方が本当のことを言えばチャチなんだよ、ユーゲンなんぞと言ってはいますがね……。

異様な人である。源家長日記には、彼が和歌所の寄人になってからは、「よるひる奉公怠らず」と書いている。本当にそうだったのであろう。よるひる奉公怠らずでもって、心中にはまた別に、本当はこんなものチャチなものなんだ、と思っている人がいる。自分のやっていることの浅さを知り抜いていて、しかもなお、よるひる奉公怠らぬ人である。そういう人物とは、一緒に働きにくい。無名抄は先にも言ったように、日野山に引きこもってから書かれたものであるけれども、たとえ口には出さずとも、人の心持というものはいつしかそばの人にはつたわるものである。しまいにははけむったくなって来るにきまっている。

私は想像するのだが、定家の明月記をいくらくってみても長明の名が、二度ほどしか出て来ないことの理由は、無論彼が地下《じげ》の、「凡卑」なる身分にすぎなかったせいであったろうけれども、この彼の眼のなんとはなく無気味で、気心の知れぬところがあったせいではないか、と。気心の知れぬ奴が、「よるひる奉公怠らず」でもってしょっちゅう出て来られたのでは、はたの者がたまったものではない。異な人である。

異な人ではある。しかし、この「中古の躰は学びやすくして、しかも秀歌はかたかるべし。今の躰は習ひがたくして、よく心得つれば、詠みやすし。」と言う批評は、実に新古今集そのものの決定的な弱点を、それこそ決定的に言い抜いたものなのである。長明は別に無名抄において、「俊成卿女宮内卿両人歌の読やうかはる事」というエッセイを書いているのであるが、そこに次のような一節がある。

「俊成卿女は、晴の歌よまんとては、まづ日ころかけてもろ〳〵の集どもを、くりかへしよく〳〵見て、思ふばかり見をはりぬれば、みなとりおきて、火かすかにともし、人とをく音なくして、あんじける。宮内卿は、はじめよりをはりまでさうし（草子）巻物とりひろげて、火ちかくともしつゝ、かつかきつけかきつけ、よるひるおこたらずなんあんじける。」

彼らが詠むところの歌は、すべてもろもろの家集や草子、巻物による、つまりは文学による文学なのである。現実世界にはなんのかかわりも関係もありはしない。時代の惨憺たる現実などは、いや、それを遮断するための詩なのであり、従って時代の言語もまた彼らの文学には何の関係もなく、定家にいたっては三百年以前のことばを使えというところまで行く。人工言語による人工歌である。

そういう文学による文学は、たしかに「習ひがたく」はあるであろう、つまりは一定以上の古典知識がなければならないが、しかし、それならばそれで、一応のところを「よく心得つれば、詠みやすし。」ということになる。つまりは古歌をとる、本歌取りということである。そうして「火（ともしび）かすかにともし」、あるいは「火ちかくともしつゝ」、夜半にいたってこの本歌取りに熱中すればするほど、熱中することが出来れば出来るほど、現実遮断は高度に達成されるという次第になる。現実は夜の闇のなかに扼殺される。批評家長明の、白い眼が私に見えて来る。

しかし、それらのことはともかくとして、長明がとにもかくにも後鳥羽院の北面に召され、ついで和歌所寄人となったのは、正治二年、彼として四十六歳の時であった。千載集に一首とられて、その千載集が発表されたのが、長明三十三、四歳の頃であったから、この間十二、三年の精進があったわけである。そうしてこの間の歳月を、何をして暮しをたてていたものかは私にはわからない。もろもろの研究書にもそういうことはあまり書いてないし、また和歌所の寄人になって、いったいどのくらいの報酬がもらえたものか、そういうこともわからない。

この寄人なるもの、着座の順やら服装、所作一切、すべて厳格なとりきめがあるのであるが、服装なども、いかに地下人《じげびと》とはいえ、やはり格式ばったものであったろうが、どうして調達したものか、それもわからない。

（余計なことだが、近頃のフランス語訳方丈記〔ユネスコ編〕を見ると、カワモト・シゲオという人の序文のなかで、この和歌所なるものを le Bureau de la poêsie と訳し、その寄人になったということろを attachê としている。）

しかし、この十二、三年間の精進が、やはり実を結んだのである。和歌所寄人として召し出されたそのはじめての夜、長明は次のような歌を詠んでいる。

我が君の千代を経んとや秋津すに通ひ初めけん蜑《あま》の釣船

和歌所へ召し出されて、そのしょっぱなに、我が君の千代を経んとや、とは、まことに恐れ入った次第である。よくもまあぬけぬけと、恥しくもなく、我が君の千代を、なんぞと言ったものである。これはまあ、就任の挨拶といったものなのであろうけれども、平気でこのくらいのことは口に出る人なのである。

精進が実を結んだ——それはたしかにその通りなのだが、その道が坦々たるものでなかったこともまたたしかである。

（以下略）

小林一彦（こばやし・かずひこ）
＊1960年栃木県生。
＊慶應義塾大学大学院博士課程単位取得。
＊現在　京都産業大学文化学部教授。
＊主要著書
『続拾遺和歌集』（明治書院）
『歌論歌学集成七』（「無名抄」を担当。三弥井書店・共著）
『前長門守時朝入京田舎打聞集全釈』（風間書房・共著）
『詠歌一躰 影印二種翻刻一種並びに三本校異』（和泉書院・共著）

鴨長明《かものちょうめい》と寂蓮《じゃくれん》　コレクション日本歌人選　049

2012年８月30日　初版第１刷発行

著者　小林一彦
監修　和歌文学会

装幀　芦澤泰偉
発行者　池田つや子
発行所　有限会社　笠間書院
東京都千代田区猿楽町2-2-3［〒101-0064］
電話　03-3295-1331　FAX 03-3294-0996

NDC分類 911.08

ISBN978-4-305-70649-2

印刷／製本：シナノ
（本文用紙：中性紙使用）

コレクション日本歌人選　第Ⅰ期～第Ⅲ期

＊印は既刊。　★印は次回配本。

第Ⅰ期　20冊　2011年（平23）2月配本開始

1	柿本人麻呂＊	かきのもとのひとまろ	高松寿夫
2	山上憶良＊	やまのうえのおくら	辰巳正明
3	小野小町＊	おののこまち	大塚英子
4	在原業平＊	ありわらのなりひら	中野方子
5	紀貫之＊	きのつらゆき	田中登
6	和泉式部＊	いずみしきぶ	高木和子
7	清少納言＊	せいしようなごん	圷美奈子
8	源氏物語の和歌＊	げんじものがたりのわか	高野晴代
9	相模＊	さがみ	武田早苗
10	式子内親王＊	しよくしないしんのう（しきしないしんのう）	平井啓子
11	藤原定家＊	ふじわらていか（さだいえ）	村尾誠一
12	伏見院＊	ふしみいん	阿尾あすか
13	兼好法師＊	けんこうほうし	丸山陽子
14	戦国武将の歌＊		綿抜豊昭
15	良寛＊	りようかん	佐々木隆
16	香川景樹＊	かがわかげき	岡本聡
17	北原白秋＊	きたはらはくしゅう	國生雅子
18	斎藤茂吉＊	さいとうもきち	小倉真理子
19	塚本邦雄＊	つかもとくにお	島内景二
20	辞世の歌＊		松村雄二

第Ⅱ期　20冊　2011年（平23）10月配本開始

21	額田王と初期万葉歌人＊	ぬかたのおおきみ しよきまんようかじん	梶川信行
22	東歌・防人歌＊	あずまうた さきもりうた	近藤信義
23	伊勢＊	いせ	中島輝賢
24	忠岑と躬恒＊	みぶのただみね おおしこうちのみつね	青木太朗
25	今様＊	いまよう	植木朝子
26	飛鳥井雅経と藤原秀能＊	まさつね ひでよし	稲葉美樹
27	藤原良経＊	ふじわらのよしつね（りようけい）	小山順子
28	後鳥羽院＊	ごとばいん	吉野朋美
29	二条為氏と為世＊	にじようためうじ ためよ	日比野浩信
30	永福門院＊	えいふくもんいん（ようふくもんいん）	小林守
31	頓阿＊	とんな（とんあ）	小林大輔
32	松永貞徳と烏丸光広＊	ていとく みつひろ	高梨素子
33	細川幽斎＊	ほそかわゆうさい	加藤弓枝
34	芭蕉＊	ばしよう	伊藤善隆
35	石川啄木＊	いしかわたくぼく	河野有時
36	正岡子規＊	まさおかしき	矢羽勝幸
37	漱石の俳句・漢詩＊		神山睦美
38	若山牧水＊	わかやまぼくすい	見尾久美恵
39	与謝野晶子＊	よさのあきこ	入江春行
40	寺山修司＊	てらやましゅうじ	葉名尻竜一

第Ⅲ期　20冊　2012年（平24）6月配本開始

41	大伴旅人＊	おおとものたびと	中嶋真也
42	大伴家持	おおとものやかもち	池田三枝子
43	菅原道真	すがわらのみちざね	佐藤信一
44	紫式部＊	むらさきしきぶ	植田恭代
45	能因★	のういん	高重久美
46	源俊頼＊	みなもとのとしより（しゅんらい）	高野瀬恵子
47	源平の武将歌人＊		上宇都ゆりほ
48	西行★	さいぎよう	橋本美香
49	鴨長明と寂蓮＊	ちようめい じやくれん	小林一彦
50	俊成卿女と宮内卿	しゅんぜいきようじよ くないきよう	近藤香
51	源実朝＊	みなもとのさねとも	三木麻子
52	藤原為家＊	ふじわらためいえ	佐藤恒雄
53	京極為兼★	きようごくためかね	石澤一志
54	正徹と心敬＊	しようてつ しんけい	伊藤伸江
55	三条西実隆	さんじようにし さねたか	豊田恵子
56	おもろさうし＊		島村幸一
57	木下長嘯子	きのした ちようしようし	大内瑞恵
58	本居宣長＊	もとおりのりなが	山下久夫
59	僧侶の歌＊	そうりよのうた	小池一行
60	アイヌ神謡集ユーカラ		篠原昌彦

『コレクション日本歌人選』編集委員（和歌文学会）
松村雄二（代表）・田中　登・稲田利徳・小池一行・長崎　健